I0660327

# XAVIER DE MONTÉPIN

# Simone & Marie

II

## LA NUIT SANGLANTE

PARIS. — E. DENTU, ÉDITEUR, PALAIS-ROYAL

# SIMONE & MARIE

---

## II

## LA NUIT SANGLANTE

# LIBRAIRIE DE E. DENTU, EDITEUR

## OUVRAGES DU MÊME AUTEUR
### Collection grand in-18 jésus à 3 francs le volume

F. Aureau. — Imprimerie de Lagny.

XAVIER DE MONTÉPIN

# SIMONE & MARIE

## II

## LA NUIT SANGLANTE

## PARIS

### E. DENTU, ÉDITEUR

LIBRAIRE DE LA SOCIÉTÉ DES GENS DE LETTRES

PALAIS-ROYAL, 15-17-19, GALERIE D'ORLÉANS

—

1883

# SIMONE & MARIE

---

## PREMIÈRE PARTIE

## LA NUIT SANGLANTE

(SUITE)

---

## XXXIV

On sait que la rue Vavin est une voie située sur les confins du faubourg Saint-Germain, non loin du jardin du Luxembourg, conduisant de la rue d'Assas au boulevard Montparnasse. — Pendant la journée si pleine d'incidents au matin de laquelle les deux crimes avaient été découverts, il se produisait, rue Vavin, des faits d'une nature toute différente, mais

d'une importance non moins grande pour la suite
de notre récit.

Vers le milieu de la rue en question existait et
existe encore un petit hôtel, ou, pour parler d'une
façon moins ambitieuse, une petite maison com-
posée d'un rez-de-chaussée et d'un premier étage.

Un atelier de dimension moyenne, prenant jour
par une large baie cintrée, et une chambre à cou-
cher toute petite, occupaient la totalité du premier
étage.

L'atelier de la rue Vavin était celui d'un artiste
déjà très connu, et destiné selon toute apparence
à devenir célèbre, le peintre Gabriel Servet.

De fort belles tapisseries anciennes, les unes des
Gobelins et de Beauvais, les autres des Flandres,
couvraient les murailles.

Sur ces tapisseries s'accrochaient des tableaux
de maîtres, des porcelaines et des faïences précieuses, vieux japon impérial, vieux chine de la
famille verte, vieux rouen à la corne, delft doré,
majoliques italiennes ; — des armes de toutes les
époques et de tous les pays, formant des pano-
plies ; — des instruments de musique bizarres,
violes et rebecs, guitares et mandolines, etc., etc.

Des meubles artistiques de différents styles, des

mannequins et des costumes garnissaient l'atelier, dans un désordre amusant et pittoresque.

Trois chevalets supportaient des ébauches plus ou moins avancées de portraits et de paysages.

Sur un quatrième se voyait un tableau en cours d'exécution qui, pour être achevé, ne demandait plus que très peu de travail.

Ce tableau, d'une exécution magistrale mais d'une tristesse profonde, représentait deux femmes, l'une très jeune, pâle, amaigrie, presque mourante, étendue sur un lit de douleur, étendant sa main diaphane pour prendre la tasse grossière que lui présentait l'autre femme, une sœur de charité, debout auprès du lit.

L'intérieur sordide de la mansarde, le lit de bois blanc, la fenêtre sans rideaux, le carrelage grossier, l'absence des meubles les plus indispensables, indiquaient la misère noire.

Le visage de la malade disait la souffrance et la résignation.

Celui de la sœur de charité respirait la douceur et la bonté.

Gabriel Servet, seul dans l'atelier, assis devant le chevalet, tenant de la main gauche sa palette et son appui-main et de la droite son pinceau, travaillait à l'œuvre qu'il destinait à la prochaine exposition.

Il achevait les grands plis raides de la robe de bure de la religieuse quand un coup de sonnette retentit à la porte de la rue, annonçant la visite d'un ami ou l'arrivée d'un élève.

Sans quitter son travail, il tira un cordon placé près de lui et disposé comme celui d'une loge de concierge.

Aussitôt après, un bruit de pas rapides et légers se fit entendre dans l'escalier.

La porte de l'atelier s'ouvrit.

Un jeune homme entra.

Ce jeune homme pouvait avoir dix-neuf ans. — C'était un joli garçon, svelte et bien pris dans sa taille moyenne.

Il avait des cheveux châtains naturellement bouclés, les traits fins, le teint mat et doré d'une Arlésienne, la lèvre supérieure ombragée par une moustache blonde et soyeuse.

Les yeux gris, d'accord en cela avec l'ensemble de sa physionomie, exprimaient la franchise.

— Bonjour, maître... — fit-il en s'approchant de Gabriel Servet.

Le peintre releva la tête et tendit la main au nouveau venu en lui disant :

—Bonjour, mon cher Albert... — Tu es en retard aujourd'hui... — Avais-tu donc ce matin un cours à l'École de droit ?

— Non, maître... — Mon cours, aujourd'hui, est à deux heures...

— Pourquoi donc n'être pas arrivé plus tôt ?...

— Parce que j'ai accompagné jusqu'au Palais de justice mon père, qui se trouve chargé de l'instruction d'une affaire singulièrement mystérieuse... — Il m'en racontait le point de départ, et je trouvais son récit tellement étrange que je ne me lassais pas de l'entendre et de le questionner... — De là mon retard...

— De quoi s'agissait-il donc ?

— D'un double crime commis dans des circonstances qui lui donnent des allures de roman ou de drame...

— En vérité !

— Jugez-en plutôt...

Et le jeune homme répéta ce que son père, le juge d'instruction Paul de Gibray, lui avait dit de l'affaire du Père-Lachaise et de celle de la rue Ernestine.

Le peintre écoutait avec une extrême attention et parfois un petit frisson d'horreur effleurait son épiderme.

— Oh ! oh ! — fit-il quand son élève eut achevé. — C'est, en effet, mystérieux et terrible !... — L'instruction donnera certainement du mal à ton père, mais il est exprimenté, habile, persévérant, et le succès, dont je ne doute pas, lui fera beaucoup d'honneur...

— J'y compte bien... — répondit Albert en ôtant son pardessus et en mettant un veston de velours noir qu'il laissait dans l'atelier.

— M. de Gibray doit être extrêmement préoccupé ? — reprit Gabriel Servet.

— Extrêmement... — Vous savez qu'il est magistrat jusqu'au bout des ongles, et qu'il suit avec une véritable passion la piste d'un crime... — Il ne se dissimule point aujourd'hui les difficultés de sa tâche, mais il a bon espoir tout de même...

— S'il échouait, c'est que personne ne pourrait réussir... Mais il réussira...

Tout en causant, le fils du juge d'instruction s'était installé devant l'un des chevalets et préparait sa palette.

— Dois-je continuer ce paysage ? — demanda-t-il.

— Sans doute.

— Avez-vous quelques observations à m'adresser?

— J'en ai plusieurs...

— Parlez, cher maître... — J'écouterai religieusement, et je tâcherai de mettre à profit vos conseils.

Gabriel Servet, quittant pour quelques minutes le tableau dont nous avons indiqué le sujet, vint se placer derrière son élève, et formula ses critiques et ses conseils en termes techniques qu'il nous semble inutile de reproduire.

— Est-ce compris ? — demanda-t-il ensuite.

— Parfaitement... et je vais faire de mon mieux pour vous le prouver...

Le maître regagna son siège, reprit ses pinceaux et se remit au travail avec ardeur, tandis que l'élève en faisait autant de son côté.

Pendant quelques minutes aucune parole ne fut prononcée, l'artiste arrivé et l'artiste en herbe s'absorbant également dans leur œuvre.

Albert de Gibray était un jeune homme doué d'une nature d'élite et possédant une intelligence exceptionnelle.

A dix-neuf ans il avait terminé ses études classiques et conquis d'une façon brillante son diplôme de bachelier.

Maintenant il étudiait le droit, non pas d'une façon distraite et indifférente, mais avec ardeur, car il se destinait à la carrière du barreau et il voulait y briller au premier rang.

Les côtés bohèmes de la vie des étudiants ses condisciples n'avaient pas pour lui le moindre attrait.

Jamais il ne mettait les pieds dans les caboulots du *boul-Mich* et dans les brasseries à femmes.

On ne le connaissait point à Bullier.

Il préférait les jouissances artistiques à toutes les autres, et c'est à la culture des beaux-arts qu'il consacrait ses heures de loisir.

— Je serai avocat, — se disait-il, — mais en même temps je serai peintre... — L'un ne saurait empêcher l'autre... — Cela fera deux cordes à mon arc, et c'est ce qu'il faut... — La fortune a ses caprices...

M. de Gibray adorait son fils, qui lui rendait amplement cette adoration.

Ces deux êtres, étroitement unis, mettaient en commun toutes leurs joies et leur unique chagrin.

Le père ne pouvait se consoler d'avoir perdu

sa bien-aimée femme, et l'enfant d'avoir à peine connu sa mère, dont il gardait au fond de son cœur un souvenir cher et sacré.

Le juge d'instruction et Albert ne s'étaient jamais séparés.

Ils habitaient ensemble un appartement de la rue de Rennes.

Tandis que l'artiste et son élève travaillaient silencieusement, un nouveau coup de sonnette retentit.

— Un visiteur... — dit Gabriel.

— Un amateur peut-être venant vous demander un tableau... — ajouta en souriant Albert.

Le peintre tira le cordon qui mettait en mouvement la porte de la rue, et dont nous avons déjà parlé.

On n'entendit rien dans l'escalier, et la sonnette s'agita de nouveau.

— A coup sûr, — fit Gabriel Servet, — c'est un visiteur qui n'a pas l'habitude de la maison et n'ose avancer au hasard. — Voudrais-tu voir quel est ce quidam?...

— A l'instant, maître... — J'y cours.

Le jeune homme déposa sur son chevalet appui-

1.

main palette et pinceaux, et sortit vivement de l'atelier.

Il y rentrait au bout de quelques secondes, accompagné d'un homme qui paraissait avoir une cinquantaine d'années, et d'une jeune fille dont le frais visage annonçait tout au plus dix-huit ans.

Cette jeune fille, une blonde aux yeux bleus, svelte et gracieuse comme une nymphe de Jean Goujon, était absolument charmante.

Son compagnon, plutôt grand que petit, mais d'un embonpoint de silène qui diminuait sa taille en l'épaississant, offrait le visage d'un ton de brique et le cou enfoncé dans les épaules d'un apoplectique.

Il manquait absolument de distinction.

Ses manières, cependant, sa façon d'entrer et de saluer, indiquaient l'usage du monde, et ses gros traits exprimaient l'intelligence.

Le peintre se leva pour saluer les nouveaux venus.

— C'est bien à monsieur Gabriel Servet, l'artiste justement célèbre, que j'ai l'honneur de parler ? — demanda le visiteur.

— Je suis Gabriel Servet, — répondit le peintre avec un sourire, — mais je ne puis accepter l'épithète trop flatteuse que vous avez la courtoisie de joindre à mon nom.

Il avança des sièges et poursuivit :

— Monsieur... Mademoiselle... prenez la peine de vous asseoir.

Le gros homme ne se fit pas répéter l'invitation et s'assit. La jeune fille en fit autant, en rougissant un peu sous le regard flamboyant d'admiration qu'Albert de Gibray attachait sur elle.

Gabriel poursuivit.

— Et maintenant, monsieur, veuillez, je vous prie, m'apprendre à quel motif je dois attribuer l'honneur de votre visite.

## XXXV

— Le motif de notre visite? — répéta le nouveau venu ; — il est bien simple et je suis convaincu que vous l'avez deviné déjà... — Je désire le portrait de ma fille et je veux que ce portrait soit véritablement une œuvre d'art... pour cela je m'adresse à l'un de nos jeunes maîtres dont le talent est indiscutable et le succès incontesté...

Gabriel s'inclina sans répondre.

Ces éloges trop directs le flattaient assurément, mais lui causaient quelque gêne.

Albert de Gibray avait repris place devant son chevalet, mais la jeune fille se trouvant en face de lui, il la dévorait du regard et ses pinceaux demeuraient inactifs.

— Vous vous taisez, monsieur... — poursuivit le gros homme au bout d'un instant. — Est-ce que quelque motif vous empêche d'accueillir ma requête?

— Vous ne nous ferez pas ce chagrin, n'est-ce pas, monsieur? — ajouta l'enfant d'une voix douce et presque suppliante; — mon père et moi nous serons si fiers d'obtenir une œuvre de vous.

— Non, monsieur, je n'hésite pas... — répondit Gabriel. — Je suis, il est vrai, surchargé de travaux en ce moment, mais je les abandonnerai tous pour avoir le bonheur de fixer sur la toile les traits si purs de mademoiselle votre fille... — Avec un semblable modèle on doit produire un chef-d'œuvre, et c'est une bonne fortune pour un peintre...

— Ainsi, vous acceptez? — reprit vivement l'enfant blonde.

— Oui, mademoiselle...

— Oh! merci, monsieur, merci mille fois! — Ce portrait est une surprise que mon père réserve à sa sœur que j'aime de toute mon âme et qui est presque ma mère... Elle a pour moi une tendresse si grande... Elle sera si heureuse...

— Je suis entièrement à votre disposition, mademoiselle, je le répète... — dit le peintre.

Il ajouta en s'adressant au gros homme :

— Peut-être, monsieur, vais-je vous paraître un peu exigeant.

— S'il s'agit du prix, vous ne sauriez l'être trop ; — interrompit le visiteur ; — veuillez fixer vous-même un chiffre... je l'accepte d'avance... — Quel qu'il soit je n'en resterai pas moins votre obligé, et je vais...

Déjà il tirait de sa poche un gros portefeuille bourré de billets de banque.

Gabriel Servet l'arrêta du geste.

— Vous vous trompez, monsieur... — dit-il en même temps... — Quand je parlais de mes exigences, il n'était point question d'argent.

— De quoi donc, alors ?

— De la nécessité pour mademoiselle votre fille de venir poser ici, car je ne pourrais transporter tout mon attirail de peintre chez vous, où d'ailleurs je trouverais certainement une lumière moins favorable que celle de mon atelier.

— N'est-ce que cela ? — Eh ! monsieur, ce que vous appelez une exigence est tout naturel et n'a rien qui m'étonne... — Je suis, ou plutôt j'ai été architecte, donc artiste par certains côtés... — Je comprends à merveille que pour être vous-même, pour battre le plein de votre talent, vous avez besoin d'un certain milieu auquel vous êtes habitué...

— J'ai toujours compté que ma fille, si vous consentiez à faire son portrait, viendrait poser dans votre atelier.

Tandis que s'échangeaient ces paroles Albert de Gibray contemplait toujours à la dérobée, avec une sorte d'extase, la gracieuse enfant dont la beauté l'avait enivré.

Quand le gros homme prononça ces mots : — *J'ai toujours compté que ma fille viendrait poser dans votre atelier...* il sentit son cœur battre avec une violence inaccoutumée et il lui sembla qu'un vent de flamme passait sur son visage.

En ce moment aussi l'enfant blonde, peut-être involontairement, mais dans tous les cas d'une manière inconsciente, tourna la tête du côté d'Albert.

Ses yeux rencontrèrent les yeux du jeune homme.

Elle tressaillit, et un beau nuage pourpre remplaça pendant une ou deux secondes la teinte rosée de ses joues.

— De combien de séances aurez-vous besoin, monsieur?... — demanda l'ex-architecte.

— De douze au moins, de quinze au plus...

— Faudra-t-il venir tous les jours?

— Oui, d'abord, autant que possible, mais plus tard, quand l'ébauche de la figure sera poussée suffisamment et que je m'occuperai des fonds et des accessoires, je pourrai travailler seul et ne déranger mademoiselle que tous les deux ou trois jours.

— Quelle sera l'heure de la séance?

— Celle qui vous conviendra le mieux. — Je me mets à vos ordres...

— Voulez-vous dix heures du matin?

— Parfaitement.

— Alors, c'est convenu.

Pour la seconde fois Albert sentit son cœur battre plus vite.

C'était à dix heures précisément qu'il venait prendre sa leçon quotidienne.

L'idée de revoir la jeune fille lui causait une sensation de joie profonde qu'il ne cherchait pas à analyser.

— Quand commencerons-nous, monsieur? — demanda l'enfant blonde.

— Vous êtes pressée... — fit Gabriel en souriant.

— Oh! oui, monsieur!... — Commencerons-nous demain?

— Cela dépend...

— De quoi ?

— De la dimension du portrait... — Le voulez-vous en buste seulement, ou en pied et de grandeur naturelle?

— En pied et de grandeur naturelle.

— Il me faut donc le temps de commander une toile de dimension, sur châssis à clefs, et je n'aurai cette toile qu'après-demain au plus tôt... et encore n'est-ce pas certain... — Aussitôt après avoir vu mon fournisseur j'aurai l'honneur d'écrire à monsieur votre père, pour lui fixer le jour de la première séance qui, vous le voyez mademoiselle, ne dépend pas de moi.

— Pourvu que votre fournisseur ne se mette pas en retard... — murmura la jeune fille avec une impatience enfantine.

— Il est habituellement exact, et je lui recommanderai la plus grande hâte... — Une question encore...

— Laquelle, monsieur?...

— Avec quelle toilette mademoiselle désire-t-elle être peinte?

La jeune fille regarda son père.

— Celui-ci répondit :

— Marie sort du pensionnat... Je souhaite que son portrait la montre en toilette de pensionnaire, avec le ruban bleu en écharpe indiquant qu'elle fait partie de la division des grandes... — C'est ainsi que ma sœur la préférera... Le costume, du reste, est gracieux...

— C'est entendu...

— Il me reste à vous donner mon adresse afin que vous puissiez m'écrire...

Le gros homme exhiba de nouveau son portefeuille si amplement garni de papier Garat, l'ouvrit et en tira une carte de visite qu'il tendit à Gabriel Servet.

L'artiste la prit, y jeta les yeux et lut :

LUDOVIC BRESSOLLES

25, *rue de Verneuil.*

M. Bressolles s'était levé et la jeune fille en avait fait autant, convaincue que son père allait se retirer.

Mais, au lieu de prendre congé, il se dirigea vers le chevalet supportant la toile à laquelle travaillait le peintre et qui, nous le savons, était presque finie.

La blonde enfant le suivit et, en passant à côté
d'Albert de Gibray, échangea pour la seconde fois
avec lui un regard inconscient qui la fit de nouveau
rougir.

Gabriel, debout à trois pas du chevalet, attendait
sans anxiété le jugement que les visiteurs allaient
porter sur son œuvre nouvelle.

— Vous destinez sans doute ce tableau à l'exposition? — demanda l'ex-architecte.

— Oui, monsieur.

— C'est très remarquable, et je vous prédis un
grand succès...

— Est-ce votre opinion sincère?

— Parole d'honneur, cher artiste, et j'ai la prétention de m'y connaître un peu... — C'est su-
perbe... — Je parie que ma fille est de mon avis...
— N'est-ce pas, Marie?

— Oh! oui, c'est beau, c'est bien beau!! — s'é-
cria mademoiselle Bressolles en joignant les mains.
— Mais comme c'est triste!! — Quelle expression
douloureuse offre la physionomie de la pauvre malade... — Cela serre le cœur...

— C'est navrant, en effet, — appuya M. Bressolles.

— Navrant comme la vérité... — dit Gabriel.

— Ce tableau n'est-il donc point une œuvre
d'imagination?... — demanda Marie.

— Malheureusement, non...

— Vous avez vu ce que vous avez peint?

— Oui, mademoiselle...

— Ce doux visage souffrant et résigné est un portrait?...

— Un portrait d'une ressemblance absolue, oui,
mademoiselle... — J'ai eu pour modèle une pauvre
enfant bien malade...

— Elle n'est pas morte, j'espère?... — fit la jeune
fille avec émotion...

— Non... Elle est même hors de péril, momentanément du moins, et sa convalescence suit son
cours; mais, pour arriver à une guérison sérieuse
et durable, il lui faudrait beaucoup de soins encore... une vie calme... un peu de bien-être... —
Elle a vécu contre toute espérance, grâce aux soins
dévoués d'une de ses voisines, et grâce aussi à
quelque argent que nous lui avons fait parvenir,
mon élève M. Albert de Gibray, que j'ai l'honneur de vour présenter, et moi... — Elle a vécu...
mais son avenir me semble bien sombre... si elle
a un avenir...

En se voyant présenter à l'improviste, Albert avait salué.

M. Bressolles lui rendit son salut.

Marie s'inclina toute rougissante.

— Cette jeune fille est sans doute un de vos modèles ? — demanda l'ex-architecte.

— Non, monsieur. — C'est une ouvrière très laborieuse, qui s'épuise à des travaux de couture et ne parvient qu'à grand'peine à gagner un pain bien dur.

— Quelle misère!... — murmura tristement Marie.

— La misère noire et froide... — Hélas! oui, mademoiselle... — Et si encore elle avait conservé sa santé... — Mais la maladie d'abord... la convalescence ensuite... que va-t-elle devenir?

— Pauvre enfant! — Quel âge a-t-elle?

— Vingt-deux ou vingt-trois ans à peu près...

## XXXVI

— Sa famille ne peut donc lui venir en aide ? — demanda M. Bressolles.

— Elle n'a pas de famille... — répondit l'artiste.

— Ses parents sont morts ?

— Elle ne les a jamais connus... — C'est une pauvre enfant abandonnée dès l'âge le plus tendre par son père et par sa mère... Il lui a fallu une nature tout angélique, le sentiment inné du devoir, un courage poussé jusqu'à l'héroïsme, pour arriver à son âge sans avoir failli...

— Et personne ne lui vient en aide ?

— J'ai tenté de le faire et c'est à peine si j'ai réussi... — Je voulais lui payer largement les quelques séances que je lui ai demandées pour ce tableau, et pour une étude de tête que M. de Gibray a peinte d'après elle... — Elle a refusé de recevoir une rémunération supérieure à celle accordée d'habitude par les artistes à leurs modèles...

— J'allais cependant vous prier, monsieur, de lui transmettre mon offrande... — murmura la jeune fille...

— Elle ne l'accepterait pas, mademoiselle.

— Comment alors s'y prendre pour la secourir ? — On ne peut la laisser se débattre dans la misère, convalescente et faible encore...

Albert de Gibray intervint.

— Il y aurait un moyen... — dit-il.

— Lequel ? — fit vivement Marie.

— Confiez-lui du travail... — La certitude de ne point manquer d'ouvrage doublerait ses forces.

— Père ! — s'écria la jeune fille en prenant les mains de M. Bressolles. — Il me vient une idée... Si j'osais...

— Quoi donc, chère enfant ?

— La lingère de ma pension vient de partir pour se marier et pour s'établir à son compte... La place est vacante... — Peut-être la protégée de M. Servet est-elle capable de la remplacer...

— Elle en est capable, n'en doutez pas... —
interrompit Gabriel.

Marie poursuivit :

— Eh bien, recommandée chaudement par
M. Servet et par nous, elle aurait chance d'être
acceptée... — Madame Dubief, si charitable, si
bonne, s'intéresserait certainement à elle... — La
place est excellente... douze cents francs par an,
le logement et la nourriture ; ce serait pour cette
pauvre enfant une vie calme, paisible, un avenir
assuré.

— Vous êtes un ange de charité, mademoiselle...
— dit Gabriel. — Ce serait en effet la fortune et le
bonheur pour celle que vous voulez bien appeler
ma protégée et qui devient la vôtre... — Monsieur
votre père peut la recommander hardiment, ainsi
que je le ferai moi-même... Je me suis renseigné sur
son compte... Je réponds d'elle ! — Dans son existence de vingt-deux ans il y a beaucoup de souffrance, mais pas une tache...

Albert de Gibray, ému jusqu'aux larmes, murmura :

— Ah ! mademoiselle, quelle bonne action vous
allez faire ! !

— Mais, n'est-ce pas tout simple, monsieur ? —

Qui n'essayerait d'en faire autant à ma place ? — répondit Marie ; puis elle continua, en s'adressant à M. Bressolles : — Père, nous verrons madame Dubief ?

— Je te le promets...

— Aujourd'hui même ?...

— Aujourd'hui si tu veux, mais...

— Mais quoi ?

— Avant de s'avancer, il faudrait au moins savoir si cette jeune fille, qui vient d'être très malade, aura la force nécessaire pour remplir l'emploi dont tu parles...

— Cet emploi consiste, pour la lingère, à surveiller les ouvrières qu'elle a sous ses ordres et à préparer le linge des élèves... — Tu vois, père, que ce n'est pas fatigant...

— Bien... — Mais la jeune fille acceptera-t-elle ? — Voilà le point important.

— Pourquoi refuserait-elle d'accueillir un bonheur inespéré ?

— Nous n'en savons rien... — Je crois comme toi que c'est peu probable, mais enfin c'est possible, et je maintiens qu'il est indispensable, avant de faire une démarche, d'avoir l'approbation de la personne en vue de qui l'on agit.

— Cette approbation est certaine...

.— J'en suis persuadé, mademoiselle, — dit Gabriel, — et cependant monsieur votre père a raison...

En ce moment retentit la sonnette de la porte d'entrée.

— Un visiteur... — dit le peintre en prêtant l'oreille.

Presque aussitôt il ajouta :

— C'est un familier de la maison, car j'entends des pas dans l'escalier...

La porte de l'atelier s'ouvrit au moment où Gabriel prononçait ces mots, et une jeune fille franchit le seuil.

Cette jeune fille était de la plus touchante beauté, malgré la pâleur de son visage.

Une capeline de laine noire couvrait sa tête mignonne. — Un long châle tartan enveloppait son corps amaigri mais toujours gracieux.

Elle tenait à la main un petit paquet.

Marie Bressolles jeta rapidement les yeux sur l'arrivante, puis sur le tableau, reconnut les traits doux et charmants de la jeune malade et s'écria :

— Mais c'est votre protégée, monsieur Servet !..

— Oui, mademoiselle... — répondit le peintre

en souriant. — Le hasard nous l'envoie bien à
propos...

En voyant des étrangers dans l'atelier, la nouvelle venue s'était arrêtée comme indécise. Une
fugitive rougeur colora ses joues.

— Entrez, entrez, Simone... — lui dit Gabriel.

Simone, — puisqu'ainsi se nommait l'ouvrière,
— entra timidement et salua en baissant les yeux.
Le peintre reprit.

— Je devrais vous gronder, mon enfant, savez-
vous !! — Comment êtes-vous sortie, faible comme
vous l'êtes, et par un froid pareil ! ! — N'était-il
pas convenu que, si j'avais besoin de deux ou trois
séances supplémentaires, je vous avertirais ?...

— C'est vrai, monsieur Gabriel, — répondit Simone avec une petite toux sèche qui fit monter de
nouveau le sang à ses joues, — mais je suis si bien
enveloppée dans ma capeline et dans mon châle
que je ne sens pas le froid... Et puis M. Albert m'a
donné à ourler une douzaine de mouchoirs. — Ils
sont finis depuis ce matin et je tenais à les lui
rapporter... les voici...

— Asseyez-vous, mon enfant... là... près du
poêle... — dit le peintre en désignant un siège...
— Je regrette de vous voir compromettre par des

imprudences votre santé qui réclame encore de
sérieux ménagements, et cependant je suis heureux que vous soyez venue aujourd'hui... — On
s'occupait de vous ici... — On avait besoin de vous
consulter...

— On s'occupait de moi? on avait besoin de me
consulter?... — répéta Simone avec un étonnement manifeste en levant sur Gabriel ses grands
yeux.

Ce fut Marie qui répondit à cette interrogation
muette.

— Oui, mademoiselle, — fit-elle vivement en
s'approchant de la jeune fille et en lui souriant. —
Tandis que nous admirions le tableau pour lequel
vous avez posé, M. Servet nous parlait de vous, de
la maladie qui vient de vous éprouver si cruellement, de votre isolement dans la vie, de votre
courage à subir les privations de chaque jour... Ces
paroles nous remplissaient de sympathie pour
vous, d'admiration pour votre caractère, et nous
cherchions, mon père et moi, le moyen de vous
préserver, dès à présent et dans l'avenir, de cet
isolement et de ces privations...

La voix de Marie Bressolles, en disant ce qui
précède, avait des notes si douces, si attendries,

qu'elles allaient droit au cœur comme la musique la plus harmonieuse...

— Je vous remercie du fond de l'âme, mademoiselle, d'avoir bien voulu penser à moi, — répliqua Simone, — et je suis profondément reconnaissante à M. Servet de l'intérêt qu'il me témoigne et dont il m'a donné déjà tant de preuves...

Simone s'interrompit ; — elle baissa la tête ; — deux grosses larmes s'échappèrent de ses paupières et roulèrent sur ses joues, puis elle reprit :

— C'est vrai, j'ai beaucoup souffert, et j'ai cru par moments que la force de vivre allait me manquer... — Mais c'est fini... la santé revient... je puis travailler... je n'ai plus le droit de me plaindre...

— N'accepteriez-vous point une place honorable dans une bonne maison, ma chère enfant ? — demanda Gabriel.

— Oh ! si, monsieur... mais je suis encore trop faible pour pouvoir m'acquitter d'un service régulier...

— Il ne s'agit pas d'un service tel que celui auquel vous semblez penser... — Vous ne seriez point femme de chambre... — Mademoiselle son-

2.

geait à demander pour vous les fonctions de lingère dans un grand pensionnat...

Le visage de Simone s'empourpra.

Ses yeux, un instant avant remplis de larmes, étincelèrent.

— Ah ! — s'écria-t-elle, — ce serait trop beau, mais c'est impossible... — Jamais je n'oserais espérer une situation semblable... c'est un rêve...

— Un rêve qui pourra se réaliser, — dit Marie, — si vous vous sentez les aptitudes nécessaires pour occuper la place en question... — Mon père et moi, dès aujourd'hui, nous verrons madame Dubief, mon ancienne maîtresse de pension, qui est notre amie, et nous lui parlerons pour vous en termes si pressants qu'elle ne refusera point d'accueillir notre requête... — La place est vacante, mais d'un moment à l'autre elle pourrait ne plus l'être... — Donc il faut se hâter...

Simone prit une des mains de Marie Bressolles et l'appuya contre ses lèvres.

— Ah ! mademoiselle, vous êtes bonne autant que Dieu lui-même... — balbutia-t-elle ensuite. — Comment vous remercier ? Comment témoigner ma gratitude à monsieur votre père qui veut bien s'intéresser à moi ?... — Oui, je me sens capable de remplir l'emploi de lingère dans un pensionnat, si je suis assez heureuse pour l'obtenir grâce à vous, et je me crois dès à présent la force suffisante car, ainsi que vous le disiez tout à l'heure, la fatigue n'est pas grande, et d'ailleurs le contentement, la tranquillité d'esprit, me rétabliront vite.

— Eh bien ! c'est une affaire entendue, et je crois pouvoir vous donner beaucoup d'espérances... — dit Marie. — En sortant d'ici, nous irons rue de la Ville-l'Évêque parler de vous à madame Dubief qui sera très contente de nous être agréable en vous agréant, et qui réglera elle-même avec vous la question des honoraires... — La position est excellente, et vos rapports seront très agréables avec madame Dubief qui est une très bonne personne...

— Puissiez-vous réussir, monsieur !... — s'écria Simone en s'adressant à Ludovic Bressolles. — Je ne suis point une ingrate, et toute ma vie, oh ! oui, toute ma vie, je serai reconnaissante de ce que vous aurez fait ou tenté de faire pour moi !...

## XXXVII

— Ne parlons pas de reconnaissance, je vous en prie, mademoiselle... — dit vivement Ludovic Bressolles. — Ma fille se trouvera si heureuse de vous être utile que c'est nous qui serons vos obligés... — Maintenant donnez-moi votre adresse, afin que, si madame Dubief agrée notre demande, vous puissiez en être avertie sans retard.

— Je demeure rue Git-le-Cœur, monsieur, — répondit la jeune fille.

— Quel numéro?

— Numéro 7.

— Votre nom?

— Simone...

— Pas de nom de famille ? — demanda l'ex-
architecte avec hésitation.

— Non, monsieur, pas de nom de famille... —
murmura Simone d'une voix émue.

Elle baissa la tête et de nouvelles larmes coulèrent sur ses joues.

Marie Bressolles lui prit les deux mains et lui
dit avec une intonation d'une douceur pénétrante :

— Je vous en supplie, mademoiselle, ne pleurez
plus... — Voici le bonheur qui vous arrive, sou-
riez au bonheur...

Simone ne résista point à cette touchante prière
et sourit à travers ses larmes.

M. Bressolles avait écrit l'adresse de la protégée
de Gabriel.

Il fit signe à Marie.

— Ayez bon espoir... — poursuivit cette dernière en s'adressant à l'enfant abandonnée. — Nous
vous reverrons avant peu.

— Et comptez absolument sur nous... — ajouta
l'ex-architecte. — En admettant que madame Dubief ait déjà remplacé sa lingère, nous vous trou-
verions autre chose...

— Merci, monsieur... — fit Simone attendrie.

— Merci de tout mon cœur... de toute mon âme...

M. Bressolles se tourna vers Gabriel :

— A bientôt, cher et grand artiste... — lui dit-il.
— Nous attendons un mot de vous ; ne nous le
faites pas trop longtemps attendre.

— Je vais sortir pour m'occuper de ma toile... —
répliqua le peintre. — Dès qu'elle sera dans mon
atelier, j'aurai l'honneur de vous prévenir que je
suis à vos ordres pour la première séance...

— Pensez-vous que ce puisse être après-
demain ?

— Je le crois, et surtout je le désire...

Le père et la fille quittèrent l'atelier, reconduits
jusqu'au seuil par Gabriel Servet et par Albert de
Gibray.

Ce dernier et mademoiselle Bressolles échangèrent, en se séparant, un long regard d'une
muette éloquence.

— Voilà une charmante enfant ! — dit l'artiste
après avoir refermé la porte. — Un cœur d'or !

— Et jolie ! — appuya vivement Albert sans cacher son enthousiasme. — Adorablement jolie ! —
La beauté de son visage égale celle de son âme !

— Oh ! oh ! — s'écria Gabriel en regardant le
jeune homme. — Quel feu, mon cher élève !! —

Mademoiselle Bressolles me paraît avoir produit
sur toi une bien profonde impression !

— Très profonde, j'en conviens... Et pourquoi le
cacherais-je?... — C'est une créature absolument
exquise...

— Je vais sans doute lui devoir mon bonheur...
— balbutia Simone, — à elle et à vous, monsieur
Servet, car sans vous cette angélique jeune fille
n'aurait pas eu l'idée de s'intéresser à moi, ne me
sachant point digne d'intérêt... — Je vais vous devoir une telle somme de reconnaissance, que je ne
pourrai jamais m'acquitter.

— Chut !... plus un mot de cela et, puisque vous
êtes ici, je vais en profiter pour faire quelques re-
touches à mon tableau...

— Dois-je reprendre la pose ?

— Tout à l'heure... — Occupez-vous d'abord de
ce que vous apportez à Albert.

— Ce ne sera pas long... — dit Simone en souriant. — Une douzaine de mouchoirs à ourler et à
marquer... les voici...

Elle tira du petit paquet qu'elle tenait à la main
des mouchoirs de fine toile, bien pliés et attachés
avec un ruban bleu.

— Combien vous dois-je, Simone ? — demanda le jeune homme.

— Trois francs, monsieur Albert.

— Trois francs !... Mais ce n'est pas assez...

— C'est le prix, monsieur Albert... cinq sous par mouchoir... à cause de la marque... on ne paye jamais plus...

— Eh bien ! je trouve, moi, que c'est trop peu, et je ne veux pas que vous fassiez du travail à ce prix-là... D'autant plus que ces marques sont remarquables !... une œuvre d'art exécutée par des doigts de fée !... — Prenez donc ces dix francs, et ce n'est point assez payé...

— Mais, monsieur... — commença Simone.

— Il n'y a pas de mais... interrompit Albert. — L'insuffisance du prix de la main-d'œuvre pour les femmes me semble une plaie de notre époque... — Le pinceau nourrit l'artiste... l'aiguille doit nourrir l'ouvrière... — Acceptez donc... — Vous me désobligeriez sérieusement en refusant... et telle n'est pas votre intention, je suppose ?

— Oh ! non, monsieur Albert !...

— Donc, vous acceptez ?

— Il le faut bien...

— A la bonne heure !...

Simone prit la pièce de dix francs, en jetant à
M. de Gibray un regard où se lisait la plus vive gratitude.

— Cher maître, dit Albert à Gabriel, — le futur
artiste a fait sa tâche aujourd'hui... l'École de
droit réclame le futur avocat...

— Tu pars ?

— Il est l'heure du cours.

— Va, cher enfant... — Mes amitiés à ton père,
et à demain...

Albert serra la main de Gabriel, puis celle de la
jeune fille, ôta son veston de velours, endossa son
vêtement de ville et partit.

— Maintenant, ma chère Simone, — dit le peintre à l'ouvrière, — reprenez la pose... — Nous en
aurons pour une demi-heure, tout au plus...

*       *
*

Maurice Vasseur, que nous avons vu rentrer dans
son logis de la rue de Navarin après avoir soupé
chez Brébant en nombreuse compagnie, s'était mis
au lit et endormi sur-le-champ.

Il avait dormi trois heures, et son sommeil aurait

sans le moindre doute duré plus longtemps, s'il n'eût été interrompu par une formidable coup de sonnette retentissant à la porte de l'appartement.

Pour qui n'a point la conscience tranquille, tout est sujet d'inquiétude.

Maurice sauta à bas de son lit, passa rapidement un pantalon, chaussa des pantoufles et se dirigea vers l'antichambre.

La porte donnant sur le carré était fermée à double tour.

Le jeune homme agissait toujours en prévision d'un danger sinon probable, du moins possible.

En admettant que la police vînt à découvrir en lui l'auteur du double crime du Père-Lachaise et de la rue Ernestine, il avait résolu de ne point se laisser prendre vivant.

Pour cela, il s'agissait d'éviter toute surprise.

Avant d'ouvrir, il demanda :

— Qui est là ?

— Moi, monsieur... — répondit une voix féminine sur le palier.

— Qui, vous?

— Votre concierge...

— Qu'est-ce que vous me voulez?

— C'est une lettre que le facteur...

Le reste de la phrase se perdit dans le bruit que
Maurice, suffisamment édifié sur le motif de cette
visite matinale, faisait en ouvrant la porte.

La concierge répéta :

— Donc, c'est une lettre, monsieur, apportée
par le facteur... et comme il y a dessus : TRÈS
PRESSÉ, ce qui prouve qu'il s'agit d'une chose
d'importance, je me suis permis de venir vous réveiller... C'était à bonne intention, monsieur Maurice.

— Vous avez bien fait, madame Benoît, et je vous
remercie... — fit le jeune homme en prenant la
lettre.

Madame Benoît battit en retraite et Maurice,
après avoir refermé la porte à double tour, déca-
cheta vivement la missive.

Elle ne contenait que ces mots, tracés d'une
grosse écriture évidemment contrefaite :

*Aujourd'hui, à midi, rue de Suresnes, n° ***. —
Demandez le capitaine Van Broeck. — Brûlez ce
billet.*

Au lieu de signature, on voyait un CINQ, suivi de
trois ***.

— Cela vient de Jules Thermis métamorphosé à
cette heure en capitaine Van Broeck, — se dit Mau-

rice. — Allons, ces gens-là ont cent tours dans
leur sac et leurs ressources me paraissent inépui-
sables... — Je reconnais qu'ils sont mes maîtres...

Après ce court monologue le jeune homme relut
une seconde fois, puis une troisième fois les deux
lignes.

Il grava dans sa mémoire le nouveau nom de
l'homme, celui de la rue et le numéro, puis, obéis-
sant à l'ordre donné par son mystérieux corres-
pondant, il alluma une bougie et réduisit le papier
en cendres.

Ceci fait, il fit sa toilette, s'habilla rapidement
et chaudement, sortit de chez lui, gagna les boulevards et se dirigea du côté de la Madeleine.

L'heure du rendez-vous était encore éloignée,
mais Maurice avait l'intention d'entrer dans un
café avant de se rendre rue de Suresnes, d'y
prendre une tasse de chocolat et d'y parcourir les
feuilles du matin, ce qu'il fit en attendant qu'on
lui servît son chocolat.

Tous les journaux reproduisaient in-extenso l'article d'un journal de la veille au soir.

Quelques-uns ajoutaient de leur cru ceci, ou du
moins l'équivalent de ceci :

« *La double enquête, commencée par monsieur le juge*

*d'instruction Paul de Gibray, suit son cours et a déjà amené des* [*résultats d'une sérieuse importance. — En notre qualité de feuille bien informée nous connaissons de nombreux détails du plus grand intérêt. — Nous pourrions les publier avant tous nos confrères, mais nous n'en ferons rien, afin de ne point entraver l'action de la justice. »*

Maurice sourit.

— Les badauds se laisseront prendre à ces vieux clichés ! — murmura-t-il. — Mais sapristi, bons jobards, quand les journaux prétendent qu'ils ne disent pas ce qu'ils savent, soyez donc convaincus qu'ils ne savent rien !... S'ils savaient quelque chose, ils le diraient !...

## XXXVIII

Le garçon de café servit le chocolat, accompagné d'une corbeille pleine de croissants et de brioches.

Maurice déjeuna rapidement, alluma un cigare et se rendit à la rue de Suresnes.

Ce fut Dominique, le muet envoyé par le faux abbé Méryss à Jules Thermis, qui vint lui ouvrir la porte du petit hôtel.

— Le capitaine Van Broecke ? — demanda Maurice.

Le muet s'effaça pour laisser passer le visiteur, puis, le devançant, l'introduisit au rez-de-chaussée, où il traversa le vestibule et une première pièce.

Dans la seconde il se trouva en face de Lartigues, dont nous connaissons la transformation.

Cette transformation était si complète que le visiteur fit un mouvement de recul, croyant qu'il y avait erreur.

— Entrez, mon cher Maurice, et asseyez-vous... — dit Lartigues en saluant le nouveau venu et en lui indiquant un siège.

— Quoi ! — s'écria Maurice stupéfait, — c'est vous ! !

— C'est parfaitement moi !... — Il paraît que vous ne m'auriez pas reconnu...

— Non certes ! — Vous êtes méconnaissable ! — Sans votre voix je refuserais d'ajouter foi à votre identité !... — Une telle métamorphose tient du prodige !

— Votre admiration me flatte, car évidemment elle est sincère, mais il en faut rabattre beaucoup... — Il n'y a pas là le plus petit prodige... il n'y a que de l'adresse... — J'ai cru devoir changer de peau, — (passez-moi l'expression), — après la grosse affaire que vous nous avez mise sur les bras... — Savez-vous bien que nous passerions bel et bien pour vos complices si vous étiez pris ?...

— Vivez en paix et dormez sur vos deux oreilles, — répliqua Maurice en s'asseyant, — on ne me prendra pas...

— Il faut tout prévoir...

— Sans doute, en vertu du viel adage : *La pru-dence est la mère de la sûreté*... mais il y a des choses impossibles, et trouver ma piste est du nombre...

Un coup de sonnette retentit à la porte de la cour.

— Vous savez qui sonne ?... — demanda Mau-rice.

— Ce ne peut-être que l'abbé Méryss.

En effet, au bout de quelques secondes Verdier, toujours revêtu de son costume d'ecclésiastique, fut introduit dans le salon.

Lartigues et Maurice lui serrèrent la main.

— Le choix de ce petit hôtel est heureux, — dit Verdier, — tu es bien ici...

— Oui, et l'isolement de la maison rend tout es-pionnage impossible de la part des voisins...

— C'est ce qu'il fallait, et je te félicite...

Lartigues reprit :

— As-tu réfléchi ?...

— A quoi !

— A ce que nous avons à faire ?

— Nous resterons dans le provisoire jusqu'à nouvel ordre, car j'ai écrit à Londres et nous de-vons attendre la réponse... — Cependant il me paraît utile de prendre certaines mesures mais, avant de m'expliquer à ce sujet, je dois tancer d'importance notre nouvel auxiliaire...

— Moi ! — s'écria Maurice stupéfait.

— Vous-même.

— Qu'ai-je donc fait de répréhensible ?...

— Vous ne vous en doutez pas un peu ?...

— Ma foi, non... — j'ai beau chercher je ne trouve rien...

— Eh ! n'est-ce pas de la folie pure de mener une vie de polichinelle comme vous l'avez fait la nuit dernière, après le double drame de la nuit précédente ?...

— Comment, — murmura le jeune homme avec embarras, — vous savez...

— Je sais que vous avez soupé avec des gommeux et des femmes, que vous avez joué, que vous avez gagné, et que vous n'êtes rentré chez vous qu'à six heures du matin... — Tout cela est-il exact ?

— Tout cela est exact... Mais comment l'avez-vous appris ?...

— Par ma police...

— Vous avez une police ?

— Oui, et qui rendrait pas mal de points à celle

3.

de la préfecture... — Vous voyez que nous sommes organisés solidement... — Vous êtes pour nous une nouvelle connaissance, mon jeune ami... — Notre intérêt et la prudence la plus élémentaire nous ordonnent de vous faire surveiller, et nous n'y manquerons pas... — Je vous préviens qu'aucune de vos démarches, aucune de vos paroles ne resteront ignorées de nous... — Je vous conseille donc de marcher droit et de ne point vous rendre suspect; car, je vous le répète, nos agents sont autrement malins que leurs confrères de la sûreté, et ils ne vous perdront de vue ni le jour ni la nuit... — Ceci étant bien dit et bien posé, pour votre gouverne, écoutez-moi...

Maurice pensait :

— Ces gens-là sont d'une force effrayante ! ils ne feraient de moi qu'une bouchée !...

Et, sentant naître en lui une vague inquiétude, il regrettait presque d'être possesseur des dangereux secrets qu'il avait surpris.

Verdier répéta :

— Écoutez-moi, et pénétrez-vous de l'importance du rôle que vous allez jouer... — Il importe que vous passiez pour le secrétaire intime de l'ex-capitaine de vaisseau Van Broecke, préparant un grand ouvrage sur la navigation à toutes les époques, et venu à Paris pour faire des recherches dans les archives du ministère de la marine... — Si par hasard on vous demandait qui vous a procuré cette position, vous répondriez que vous aviez connu autrefois le capitaine, que le hasard vous a/ remis en présence et que, vous sachant apte à vous servir d'une plume, il s'était empressé de vous offrir auprès de lui une position honorable et lucrative, car le capitaine Van Broecke est puissamment riche...

» Cette fable si simple, si naturelle, que personne ne songera même à discuter, aura un triple but...

» D'abord elle vous permettra de venir ici continuellement, puisque vous y serez appelé par vos fonctions...

» Elle fera de vous un homme sérieux, infiniment plus considéré que ne saurait l'être le reporter d'une feuille de chantage de dixième ordre.

» Enfin elle expliquera vos absences quand nous aurons besoin de vous faire voyager, le capitaine pouvant d'une minute à l'autre vous envoyer chercher un renseignement en Angleterre ou partout ailleurs... — C'est bien compris, n'est-ce pas?

— Parfaitement compris, — répondit Maurice,

— et j'ajouterai que l'invention me paraît très in-
génieuse.

— J'ai parfois de bonnes idées... — fit Verdier.

— Que dois-je faire, moi ? — demanda Lartigues.

— Tu vas aller immédiatement à la légation hol-
landaise où tu feras viser ton passeport... — Il importe d'être bien en règle... — Tu transmettras au
secrétaire de la légation les compliments empressés
de l'abbé Méryss, son ami...

— C'est tout ?

— C'est tout, quant à présent... — Passons à un
autre ordre d'idées... — Maurice va dès aujour-
d'hui chercher la trace de la famille Bressolles... —
Le Bressolles en question était architecte... — Si le
Bottin est muet sur son compte, il faut questionner
ses confrères, qui auront certainement entendu
parler de lui... — Il faut se préoccuper aussi des
bureaux de placement qui, fournissant des ser-
vantes, peuvent connaître ce nom... — Il importe
de faire lever l'acte de naissance de la bâtarde Simone... — Ce sera facile mais nous attendrons,
pour chercher où se trouve la jeune fille, que le
bruit fait au sujet de l'assassinat de Jenny Stall et
de Jonathan Wild se soit apaisé... — Plus tard
nous enverrons Maurice à Vic-sur-Braisnes... —

En ce moment notre mot d'ordre peut se formuler ainsi : — *Prudence!*

— J'en aurai, — répondit le jeune homme.

— Avez-vous lu les journaux de ce matin ?

— Oui.

— Que disent-il ?

— Ce que disaient hier les journaux du soir... — Ils se bornent à reproduire la note officielle envoyée par le parquet, sans ajouter de leur cru quelque chose d'intéressant et d'inédit... — J'ai conclu de cette lecture que l'instruction n'avait pas fait un pas, ce qui d'ailleurs était facile à prévoir...

— Êtes-vous allé à la Morgue ?

— Non, mais je compte m'y rendre tout à l'heure...

— A merveille... — dit le faux abbé. — Maintenant visitons l'hôtel... — Il est indispensable d'en bien connaître toutes les dispositions.

Les trois hommes parcoururent les différentes pièces du rez-de-chaussée et du premier étage, puis ils passèrent au jardin où Verdier s'arrêta, comme Lartigues l'avait fait la veille, devant l'issue condamnée.

— Qu'est-ce que cela ? — demanda-t-il.

— Tu le vois bien, — répondit le capitaine Van

Broecke, — c'est une porte... une porte fermée par une forte serrure et de gros verrous.

— Où conduisait-elle ?

— Dans le jardin de la maison adossée à celle-ci et donnant sur la rue de la Ville-l'Évêque...

— Qu'est-ce que cette maison ?

— Un ancien et vaste hôtel devenu pensionnat de jeunes filles sous la direction d'une dame Dubief.

— Pourquoi cette communication existait-elle ?

— Parce que les deux immeubles appartenaient et même, je crois, appartiennent encore au même propriétaire...

— Très bien... — Je visiterai le pensionnat... — je verrai ce que l'on peut tirer de ce voisinage, qui sera peut-être bon à utiliser. — Rien dans la vie n'est inutile, pour qui sait profiter des moindres choses... — Nous avons vu tout ?...

— Tout absolument.

— Alors, il ne nous reste qu'à nous séparer...

— Ne déjeunerez-vous pas avec moi, pour pendre la crémaillère ? — demanda Lartigues.

— J'ai pris du chocolat ce matin... — dit Maurice.

— À votre âge le chocolat n'est qu'un apéritif...

— Votre estomac réclame un plus solide menu... — Je comptais sur vous deux et j'ai fait préparer trois couverts.

Le faux abbé regarda sa montre.

— Déjeunons donc, — reprit-il ensuite, — mais déjeunons vite, car je suis pressé... — Je ne puis t'accorder plus d'une heure...

— Ce sera suffisant.

Les trois convives passèrent dans la salle à manger, où un repas de viandes froides les attendait.

Ils se mirent à table, servis par Dominique, mangèrent de bon appétit et burent sec à la réussite de la grande entreprise qui devait leur donner des millions.

# XXXIX

Les courtes notes publiées par les journaux au sujet du double assassinat commis dans la même nuit et, semblait-il, par le même scélérat, avaient causé une impression profonde.

Les Parisiens étaient avides d'apprendre des détails et de rendre visite aux endroits, théâtres des deux crimes, ou du moins de la découverte des cadavres.

On se souvient qu'en 1869 la même curiosité malsaine poussait les badauds de Paris à courir en masse à la plaine d'Aubervilliers, au *champ Langlois*, où l'exécrable Troppman avait enfoui ses victimes.

Le cimetière du Père-Lachaise devint immédiatement le rendez-vous des gens avides d'émotions.

Certain d'avance qu'il en serait ainsi, le chef de
la sûreté avait donné des ordres.

Un cordon de gardiens de la paix entourait le
monument funéraire de la famille Kourawieff et
repoussait avec une inébranlable fermeté le flot
envahisseur des curieux.

Rue Ernestine l'affluence était moins grande.

Deux agents, placés devant la grande porte du
loueur, suffisaient pour maintenir à distance les
badauds du quartier de la Chapelle.

Selon le projet arrêté dans son esprit, le soir du
souper chez Brébant, en écoutant les *racontars* du
petit baron Pascal de Landilly, le comte Yvan
Smoïloff, préoccupé de ce qu'il entendait dire du
tombeau appartenant à une famille russe, avait
résolu de se rendre compte par lui-même de ce
qui s'était passé.

Il tenait à savoir sans retard quelle était cette
famille dont les journaux taisaient le nom.

Après avoir déjeuné sommairement au *Grand-
Hôtel*, où nous nous souvenons qu'il avait une ins-
tallation provisoire, il demanda si la voiture louée
au mois par lui, en attendant qu'il eût monté sa

maison, était dans la cour. — Il reçut une réponse
négative, donna l'ordre d'aller lui chercher un
fiacre, revêtit une pelisse de drap brun, intérieurement fourrée, monta dans le coupé de louage et
dit au cocher de le mener au Père-Lachaise.

La voiture s'arrêta près de la grande porte.

Il mit pied à terre, franchit le seuil du champ
des morts et s'engagea dans l'avenue pleine de
monde conduisant à la division où se trouvait le
tombeau de la famille Kourawieff.

Le chemin de ce tombeau devait lui être familier
car, arrivé à l'endroit où une allée latérale y conduisant se greffait sur l'avenue, il n'hésita point et
prit cette allée.

A mesure qu'il approchait du but de sa course,
la foule devenait plus compacte et se mouvait plus
lentement.

Il écarta les groupes faisant obstacle à sa marche
et, arrivé aux premières lignes des curieux, il voulut les traverser.

Un gardien de la paix l'arrêta net par ces paroles :

— On ne passe pas, monsieur.

— Pourquoi ?

— C'est la consigne.

Le jeune homme avait fait halte.

— Mais, monsieur, — reprit-il après un instant de réflexion, — je ne suis point ici par hasard et sans but... — J'aurais besoin de passer pour visiter une tombe qui se trouve un peu plus loin... — Cela ne me sera-t-il pas permis ?

— Pour aujourd'hui, non, monsieur.

— Cependant, par exception...

— L'ordre de la préfecture est de ne faire aucune exception.

Le comte Yvan comprit qu'en face d'une consigne aussi formelle toutes ses tentatives resteraient sans résultat.

Il se contenta donc d'interroger le gardien de la paix , qui pourrait peut-être lui apprendre ce qu'il désirait savoir.

— Mais enfin, monsieur, — lui dit-il, — quel est motif de cette mesure rigoureuse ?

Le gardien de la paix était complaisant.

A la grande satisfaction des curieux qui se rapprochaient pour écouter , il raconta la lugubre histoire que nous connaissons infiniment mieux que lui.

Lorsqu'il eut achevé, Yvan demanda :

— Quel est le tombeau où s'est commis le crime ?

— Celui d'une grande famille russe.

— Savez-vous comment s'appelle cette famille ?

— Parfaitement...

— Pouvez-vous me l'apprendre ?

— Très bien... — C'est la famille Kourawieff...

En entendant prononcer ce nom, le jeune Russe devint pâle comme un mort.

— Vous êtes certain de ne ne pas vous tromper, monsieur ? — murmura-t-il d'une voix agitée.

— J'en suis certain, oui, monsieur... — C'est d'un gardien du cimetière que je tiens le renseignement.

Le comte Yvan baissa la tête comme un homme accablé et pendant quelques secondes resta silencieux et rêveur, puis il reprit possession de lui-même, remercia le gardien de la paix, tourna sur ses talons et se perdit au milieu de la foule qui devenait de plus en plus compacte.

Son visage exprimait une préoccupation très vive.

— Quelle est donc cette énigme ? — se demandait-il. — Rien au monde se peut-il imaginer de plus étrange, de plus inexplicable ? — Il faudra cependant que la lumière se fasse !... il faudra bien que je sache...

Il pressa le pas, atteignit la grande avenue, moins encombrée de monde que l'allée latérale, sortit du cimetière et chercha la voiture qui l'avait amené.

Elle stationnait de l'autre côté de la chaussée qu'il traversa rapidement pour aller la rejoindre.

Le cocher était sur son siège, enveloppé dans un vieux carrick ayant appartenu jadis à un domestique de bonne maison, mais dont les intempéries d'un grand nombre d'hivers avaient effiloché le drap et mangé la couleur.

Au moment où le comte Yvan allait mettre la main sur la poignée de la portière, un homme qui passait à côté de lui, portant une croix de bois noir, tressaillit, poussa une exclamation de surprise, s'arrêta et dit :

— Pardon, monsieur... un mot s'il vous plaît...

Le Russe se retourna très surpris, regarda curieusement son interlocuteur et répliqua, avec l'accent étranger que nous avons signalé déjà :

— Que désirez-vous, monsieur?

L'accent du comte fit tressaillir de nouveau l'homme à la croix de bois noir.

Il répondit :

— Un simple renseignement... — C'est bien vous, monsieur, qui êtes venu avant-hier à mon magasin, rue de la Roquette, m'acheter une couronne d'immortelles?

— Il est possible que ce soit moi, monsieur, car

avant-hier, en effet, j'ai acheté une couronne...
mais j'ignore si c'était dans votre magasin...

— C'était bien chez moi... — reprit le marchand
en jetant un coup d'œil autour de lui, — et vous
alliez porter cette couronne au tombeau de la famille Kourawieff...

— Peut-être bien... — dit sèchement le comte.
— Mais pourquoi ces questions?

— Parce qu'après votre départ je me suis aperçu
que vous m'aviez payé avec une pièce anglaise de
vingt-cinq francs, croyant ne me donner qu'un
simple napoléon, sur lequel je vous ai rendu... —
C'est donc cinq francs que je vous dois, et comme je
suis un honnête homme je tiens à vous les rendre.

— C'est inutile... je vous en fais cadeau, en admettant, ce dont je doute beaucoup, que je vous
aie payé avec une pièce anglaise.

— Mais, monsieur...

— Si vous n'en voulez pas, donnez-les aux pau-
vres... — interrompit le comte avec impatience,
puis il sauta dans la voiture et referma la portière
en criant au cocher :

— Où vous m'avez pris, et marchez bon train...

Le cocher fouetta son cheval qui partit au grand
trot.

— Ah! — s'écria le marchand d'objets de deuil, après avoir gravé dans sa mémoire le numéro du fiacre. — Ah! tu n'iras pas assez vite pour que je ne puisse te suivre, gredin !!...

Et courant vers la station où plusieurs voitures attendaient que quelque client se présentât, il dit à l'un des cochers de fiacre :

— Vingt francs pour vous, mon garçon, si vous ne perdez pas de vue la voiture qui file là-bas...

— Montez vite, bourgeois, et tenez vos vingt francs prêts, car je les gagnerai... Hue ! carcan !...

Vigoureusement foutté, le bidet du second fiacre s'élança sur les traces du véhicule qui, emportant le comte Yvan, descendait bon train la rue de la Roquette.

Le marchand de couronnes, le buste presque entier hors de la portière, suivait des yeux la voiture où se trouvait, — il en avait la conviction la plus absolue, — l'auteur du double crime du Père-Lachaise et de la rue Ernestine.

— Le doute est impossible ! — se disait-il. — C'est parfaitement le coquin ! — Je l'ai reconnu tout de suite à ses favoris blonds, à son lorgnon, à son accent... — D'ailleurs il n'a nié ni l'achat de la couronne d'immortelles, ni le fait de l'avoir portée au

tombeau Kourawieff... — Quelle chance que je me
sois trouvé là!... — Il ne se doute de rien... — On ne
fera point d'esclandre... — Je le filerai jusque chez
lui et, quand je saurai où il demeure, tout marchera sur des roulettes... — Je vais rendre un fameux service à la justice de mon pays!... — Les
journaux parleront de moi et donneront mon
adresse... — Une fière réclame pour le magasin!

Tout en se disant ce qui précède, l'honorable industriel de la rue de la Roquette commençait à
éprouver quelque inquiétude.

Mieux attelé ou mieux conduit, le coupé qu'il
poursuivait gagnait du terrain, on ne pouvait se
faire à cet égard aucune illusion.

Il parcourut le boulevard Voltaire et s'engagea
sur les grands boulevards, toujours à la même
allure.

Cependant le marchand de couronnes ne le per-
dait pas de vue, malgré la distance croissante qui
séparait les deux véhicules, et bientôt un incident
imprévu vint dissiper l'inquiétude qui s'était em-
parée de son esprit.

Un régiment de ligne, rentrant à la caserne du
Château-d'Eau après la promenade militaire, barra
brusquement le passage.

La voiture du comte Yvan s'arrêta et le fiacre *fileur* se rapprocha de lui.

— Cette fois-ci, nous le tenons pour de bon... — dit le cocher en se penchant vers son client.

— Surtout, ne le lâchez pas...

— Point de danger... — On le rattrapera toujours... — c'est le numéro 2750...

Le régiment était passé.

La voiture du comte Yvan se remit en marche, mais moins vite car les boulevards étaient encombrés, et le second fiacre put facilement le suivre à une distance de vingt ou vingt-cinq pas...

## XL

A la hauteur de la rue Rougemont le jeune
Russe abaissa l'une des vitres de devant de la voiture, se pencha vers le cocher qu'il tira par l'un des
nombreux collets de son carrick pour commander
son attention, et lui cria:

— Vous m'arrêterez chez Brébant.

Le cocher fit signe qu'il avait entendu et compris.

Le comte Yvan, malgré les préoccupations qui
l'obsédaient et dont nos lecteurs ne tarderont pas
à connaître les motifs, n'oubliait point qu'il devait
donner à souper le soir même à ses nouveaux amis,
et qu'il fallait par conséquent commander un repas
de vingt couverts.

La voiture fit halte au lieu désigné. — Le jeune
homme descendit et franchit le seuil du restaurant.

A vingt pas en arrière le marchand de couronnes avait tout vu.

— Arrêtez-vous là... — dit-il à son cocher. —
L'homme à qui je donne la chasse est entré chez
Brébant... — Nous attendrons...

— Suffit, bourgeois... — Croyez-vous que j'aurai
le temps de mettre la musette à Cocotte... histoire
qu'elle casse un grain d'avoine?...

— Je n'en sais rien... — Votre cheval mangera
plus tard... nous devons être prêts à repartir...

Cinq minutes s'écoulèrent, puis un quart d'heure.

— Ce gredin n'a pas renvoyé sa voiture, donc il
va revenir... — pensait l'industriel de la rue de la
Roquette. — Il déjeune sans doute... il s'empifre
d'huîtres et de foies gras... il s'abreuve de vins
fins... — Régale-toi ce matin, scélérat ! tu dîneras
ce soir à meilleur marché, aux frais du gouverne-
ment !

Comme il achevait ce monologue de mauvais
augure pour le Russe, celui-ci, ayant réglé de la
façon la plus large et la mieux comprise l'importante question du menu, reparut et remonta dans

sa voiture qui se remit à suivre la ligne des boulevards.

Arrivée au *Grand-Hôtel*, but de sa course, elle s'arrêta.

Celle du marchand d'objets de deuil en fit autant.

Le comte mit pied à terre, paya son cocher et disparut sous la voûte monumentale conduisant à la vaste cour.

Immédiatement derrière lui venait son *fileur*.

Un employé de l'hôtel salua le Russe au passage.

— Vous connaissez ce monsieur? — demanda le fileur à l'employé, qui répondit sèchement :

— Vous voyez bien que je le connais, puisque je le salue...

— Est-ce qu'il demeure au Grand-Hôtel?

— Qu'est-ce que ça peut vous faire ? — Pourquoi m'adressez-vous cette question?

Au lieu de répondre, le marchand mit une pièce de cent sous dans la main de l'employé.

— Très bien... — dit celui-ci, — je comprends... — Ce monsieur habite, en effet, le Grand-Hôtel...

— C'est un étranger ?

— Oui, un Russe.

— Et, il se nomme ?

— Le comte Yvan Smoïloff...

— Merci, monsieur...

Le marchand de couronnes savait ce qu'il voulait savoir.

Il rebroussa chemin en se disant à lui-même :

— Le comte Yvan Smoïloff... un comte de contrebande, pour sûr !... quelque galérien évadé, comme le faux comte Pontis de Sainte-Hélène...

Puis remontant dans son fiacre, il ajouta tout haut, en s'adressant au cocher :

— Mon brave, vous avez gagné vos vingt francs... — Maintenant nous marchons à l'heure... — A la préfecture de police, et du train !...

Le cocher fouetta son cheval.

— A la préfecture... — murmura-t-il. — Tiens ! tiens ! — Paraîtrait que nous filons un criminel de la haute... et le paroissien que je conduis doit être un mouchard... — Eh bien ! parole, je m'en doutais...

\*
\* \*

Si la foule était compacte au cimetière du Père-Lachaise, elle ne l'était pas moins aux alentours de la Morgue.

Les curieux y faisaient queue absolument

4.

comme à la porte d'un théâtre qui tient un grand succès.

Ils entraient six par six, à intervalles réguliers, sous la surveillance des sergents de ville qui veillaient à l'exécution rigoureuse de la consigne.

Les deux cadavres étaient étendus sur les tables de marbre les plus rapprochées du vitrage qui sépare le public de la salle d'exposition.

A l'intérieur, des agents activaient et régularisaient la circulation.

Les visiteurs ne pouvaient s'arrêter que quelques secondes pour examiner les corps.

Dans le groupe des six personnes qui venaient de franchir le seuil de la Morgue au moment où nous le franchissons nous-mêmes, se trouvaient deux hommes d'une cinquantaine d'années, vêtus avec une extrême négligence, presque dépenaillés, de mine plus que médiocre, *marquant mal* enfin, pour emprunter une expression au langage populaire.

— Regarde, voilà la *gonsesse*... — disait l'un de ces hommes à son camarade en désignant la femme assassinée — deux coups de *surin*, l'un dans la gargamelle, l'autre sous le teton gauche, en plein.

cœur... — Mazette, le surineur n'y allait pas de main morte... — Il sait son affaire...

— C'est un *zig*... — répliqua d'une voix enrouée le second visiteur.

Les voisins des deux sinistres personnages que nous venons d'entendre échanger en argot leurs impressions, et qui ressemblaient infiniment plus à des bandits qu'à des honnêtes gens, éprouvèrent une sensation de vague effroi.

— Circulez!! circulez! — crièrent les sergents de ville.

La file se remit en marche, fit quelques pas, puis s'arrêta de nouveau.

— Et, v'là l'homme... — continua le premier des personnages éminemment suspects. — Reluque-moi ce particulier... Rien qu'un coup de surin... — Ça l'a *estourbi* raide, je parie!... — C'était bien travaillé... — Mais, qu'est-ce qu'il a donc sur le bras?... — ajouta-t-il en baissant la voix, et en se penchant vers l'oreille de son compagnon...

— *Musèle ta gueule!* — répondit celui-ci du même ton. — Je le reconnais...

— Toi!!

— Oui.

— C'était donc un camaros?

— Un ancien de Poissy, oui... — C'est moi qui
lui ai tatoué sur le cuir les dessins que tu vois,
et c'est de la jolie ouvrage, je m'en vante...

Le premier homme mal vêtu serra fortement le
bras du second pour lui imposer silence.

Un agent cria :

— Circulez ! circulez !

Un nouveau groupe de six personnes venait
d'entrer pour prendre la place de celui qui défilait
devant les cadavres.

Les deux bandits, — (nous pouvons hardiment
les désigner ainsi), — sortirent de la Morgue, s'éloi-
gnèrent d'un bon pas, tout en causant, et remontèrent le quai de la Tournelle dans la direction du
Jardin des Plantes.

— Voyons... voyons... — disait l'un, — tu ne
t'es pas trompé? — Tu es bien sûr d'avoir mis le
nom sur la frimousse du bonhomme refroidi?

— Sûr et certain... foi de Sylvain Cornu... —
J'ai connu le particulier à Poissy, je te le répète,
quand j'y ai *tiré* mes cinq ans... il y a déjà du
temps de cela... — C'était un malin, et qui faisait
partie, à ce qu'il paraît, d'une bande de *rupins*.

— Ça ne l'a pas empêché de *glisser* sous le couteau d'un surineur.

— Ils avaient sans doute eu des raisons ensemble...

— Dis donc...

— Quoi?

— Si nous allions toucher deux mots de la chose à la préfecture? Il y aurait peut-être une prime...

— Non, merci, mon vieux Galoubet... — Ça ne ne serait pas à faire... — La préfecture, vois-tu, j'abomine ces endroits-là... — On vous questionne, on vous embrouille, et ça vous met les trois quarts du temps dans l'embarras... — Que la police se débrouille toute seule... Nous n'avons pas besoin d'aller lui raconter nos petites affaires... A Chaillot les confidences, et ceux qui les font...

— Tu as raison, après tout...

— Parbleu!...

— Allons-nous boire un *dé* de *vitriol?*...

— Tout de même... ça nous réchauffera le fanal... — Entrons chez un manezingue...

Les deux camarades remontèrent du côté de l'ancien marché aux chevaux, et ils s'installèrent en face d'un carafon d'eau-de-vie frelatée, dans un cabaret borgne.

*
* *

Au parquet et à la préfecture de police on avait tout mis en œuvre, nous le savons, pour trouver la piste de l'assassin ou des assassins, et le manque absolu de résultats commençait à donner quelque inquiétude.

Les rapports des agents, arrivant l'un après l'autre à la préfecture, ne contenaient aucune indication utile, ne jetaient pas la moindre lumière dans les ténèbres insondables.

Le chef de la sûreté se creusait la tête.

Il cherchait sans le trouver un moyen ingénieux de lancer Jodelet et Martel sur une bonne voie.

De son côté le juge d'instruction Paul de Gibray, dont les mystérieuses complications de l'affaire surexcitaient l'amour-propre professionnel, essayait sans succès de trouver le fil conducteur dans le labyrinthe où il s'égarait.

Il avait donné l'ordre de placer au milieu de la foule, aux abords du tombeau Kourawieff, de la Morgue et de la maison du loueur rue Ernestine, des agents en bourgeois.

Ces policiers, choisis parmi ceux dont la physio-

nomie placide inspirait la confiance, auraient l'air
de curieux eux-mêmes, pourraient prêter l'oreille,
tout écouter, tout entendre, et recueillir peut-être
une indication précieuse.

Ce moyen bien simple, presque élémentaire,
avait réussi plus d'une fois.

On sait que, généralement, — presque toujours,
— les criminels, poussés par un sentiment irrai-
sonné et inexplicable, sont assez maladroits pour
venir revoir le théâtre de leur crime, ou le cadavre
de leur victime.

Les agents chargés de cette mission rentraient
la tête basse, n'ayant entendu que des paroles oi-
seuses, des phrases vides de sens, et n'ayant par
conséquent rien à répéter, ce qui les humiliait
beaucoup.

Dans l'après-midi du second jour, au moment où
M. de Gibray se préparait à quitter son cabinet,
un huissier vint le prévenir que le procureur de la
République désirait causer avec lui.

Le juge d'instruction se rendit à l'instant auprès
du magistrat qui le faisait demander.

XLI

Les premières paroles du procureur de la République furent celles-ci :

— Avez-vous du nouveau, mon cher maître ? — Votre habileté, ou tout simplement le hasard, ont-ils mis dans vos mains l'extrémité du fil conducteur ?

— Hélas, non ! — répondit M. de Gibray.

— Quoi ! l'affaire en est au même point ?

— J'ai honte de l'avouer.

— Toujours des ténèbres ?

— Toujours !... — Je ne puis même réussir à me former une opinion sur les mobiles du double meurtre, car la seule chose qui me paraisse absolument certaine, c'est que les deux assassinats ont un auteur unique... — J'ai cru d'abord que nous étions en face de crimes commis par des gens haut placés, agissant dans quelque intérêt de famille, ou cédant à la nécessité de cacher à tout prix un secret terrible...

— Et vous avez repoussé cette idée ?

— D'une façon presque absolue...

— Pourquoi ?

— Parce que l'évidence semble me commander l'incrédulité, ou tout au moins le doute... — Les victimes n'appartenaient point aux classes élevées... — l'homme avait un tatouage sur le bras... — lui et la femme portaient du linge sans marque...

— Ceci ne prouve rien... — Peut-être étaient-ce des domestiques de grande maison agissant pour leurs maîtres...

— Soit... mais dans quel but aurait-on tué d'humbles serviteurs ?

— Dans le but d'anéantir avec eux un secret de famille dont ils étaient probablement détenteurs.

— Des domestiques de grande maison sont connus de beaucoup de monde ; on les aurait reconnus déjà à la Morgue...

II. 5

— Qui vous dit qu'ils ne le seront pas?

— Rien, assurément.

— L'affluence des visiteurs est-elle considérable à la Morgue?

— Énorme... — Les gardiens de la paix ne laissent entrer les curieux que par groupes de six personnes...

— Et, parmi ces curieux, on a placé des agents de la sûreté?

— Bien entendu...

— Lesquels?

— Jodelet et Martel, deux fins limiers très estimés à la préfecture...

— Deux fins limiers, je vous l'accorde, — répliqua le procureur de la République, — mais en somme deux *detectives* vulgaires et routiniers, utiles seulement lorsqu'ils ont affaire à des assassins de profession dont toutes les ruses leur sont familières, dont ils connaissent les habitudes, les plaisirs, les repaires, et les façons de *travailler*, ce que j'appellerais volontiers *la marque de fabrique* du crime... Dans les circonstances où nous nous trouvons, leur habileté ne m'inspire aucune confiance... — Ils sont déroutés, vous le voyez bien... ils marchent à tâtons... n'avancent pas... ne trou-

vent rien... — Il nous faudrait ici un de ces policiers supérieurs comme il s'en produit de temps à
autre, qui savent jouer tous les rôles, prendre
tous les visages, et semblent aussi bien à leur
place dans le grand monde que dans un bouge...
— Ils ont le don, ceux-là, de percer à jour d'un
seul coup d'œil les trames les plus compliquées...
— Ils flairent la piste du criminel comme le chien
de chasse flaire la piste du gibier... — En regardant la blessure, ils devinent par quelle arme elle
a été faite et quelle main tenait cette arme... —
Bref, ils semblent doués littéralement du don de
seconde vue... — C'est un de ces hommes qu'il
nous faudrait...

— Un Lecoq !... un Jobin !... — murmura le juge
d'instruction. — A coup sûr de tels policiers ver-
raient clair dans les ténèbres qui nous entourent...
— Par malheur, il n'y en a plus aujourd'hui de
leur force...

Le procureur de la République réfléchit pendant
quelques secondes, puis brusquement demanda :

— Vous souvenez-vous de madame Rosier ?

— Madame Rosier ? — répéta Paul de Gibray en
interrogeant sa mémoire qui ne répondit point à
l'appel.

— Ou plutôt d'Aimée Joubert... — reprit le magistrat.

— Ce dernier nom ne m'est point inconnu.

— C'est celui d'une femme qu'un misérable avait trouvé moyen de compromettre par de fausses apparences, et qui passa en cour d'assises sous prévention d'assassinat... — Au cours des débats elle parvint, mais non sans peine, à démontrer son innocence et fut acquittée... — Une fois libre, elle voulut se venger du scélérat qui avait failli l'envoyer à l'échafaud. — Pour le chercher mieux elle se fit attacher à la police, prouva des aptitudes de premier ordre, déploya des qualités hors ligne, suivit la piste de son calomniateur, et mit les agents à même de l'arrêter... — Il leur glissa entre les mains et disparut, mais il fut condamné par contumace à la peine de mort... — Vos souvenirs reviennent-ils ?

— Parfaitement... — Le nom d'Aimée Joubert m'a remis sur la voie.

— Cette pauvre femme était la plus honnête personne du monde... — continua le procureur de la République. — Elle avait pris goût à l'existence mouvementée et aventureuse des policiers... — Elle demeura attachée, à titre auxiliaire, à la bri-

gade de sûreté... On l'avait surnommée l'ŒIL-DE-
CHAT, parce qu'elle voyait clair dans les trames les
plus ténébreuses, comme les chats voient clair la
nuit... — Elle a rendu de nombreux et grands
services dans les affaires criminelles et politiques,
notamment à l'époque du complot Orsini... —
C'était une *nature*, comme on dit aujourd'hui... —
Elle marchait de pair avec Jobin, avec Lecoq, qui
lui accordaient toute leur estime... — Malheureusement elle a quitté la police depuis quatre ou
cinq ans...

— La préfecture ne pourrait-elle se l'attacher
de nouveau ?...

— Ce serait difficile, puisqu'on la pressait de
rester et qu'elle s'est obstinée à prendre sa
retraite...

— Peut-être obtiendrait-on qu'elle s'occupât
exceptionnellement d'une seule affaire...

— Peut-être, en effet... — Dans tous les cas on
pourrait le lui demander et, si elle refusait d'intervenir personnellement, elle ne refuserait pas un
conseil...

— Elle est à Paris ?

— Je le suppose... — Elle y était du moins il y a
un an... — Elle est venue me voir, et me consulter

au sujet de quelque chose qui l'intéressait... —
J'ai conservé pour elle beaucoup d'estime, elle le
sait bien...

— Vous devez avoir de l'influence sur cette
femme...

— Un peu, je crois.

— Eh bien ! usez de cette influence et faites en
sorte qu'Aimée Joubert nous vienne en aide... —
Vous avez pensé à elle, c'est bon signe... — Où
Jodelet et Martel échouent elle réussira ! !...

— Je vais tâcher de la voir aujourd'hui même...

M. de Gibray se leva ; il allait prendre congé.

A ce moment précis, un huissier entra dans le
cabinet pour annoncer que le chef de la sûreté et le
commissaire aux délégations judiciaires solli-
citaient une audience du procureur de la République.

Ce dernier donna l'ordre de les introduire aussitôt, et il ajouta :

— S'ils nous apportent une bonne nouvelle,
qu'ils soient les bienvenus...

L'huissier sortit, et reparut au bout d'un instant
précédant les nouveaux venus, accompagnés d'un
homme qui n'était autre que Letellier, le marchand
de couronnes de la rue de la Roquette.

— Qu'y a-t-il, messieurs ? — demanda le chef du parquet.

Le chef de la sûreté répondit, en désignant Letellier :

— Il y a, monsieur le procureur de la République, que selon M. Letellier, qui est un commerçant honorable dont j'ai reçu la visite dans mon cabinet, l'auteur du double assassinat du Père-Lachaise et de la rue Ernestine serait avant une heure en notre pouvoir...

— Est-ce possible ? — s'écria Paul de Gibray pouvant à peine croire ce qu'il entendait.

Le procureur de la République, s'adressant au marchand d'objets de deuil, lui dit :

— Vous êtes certain de ce que vous avancez, monsieur ?

— Absolument certain... — répliqua Letellier.

— D'où vous vient cette certitude ?

— Il y a deux heures j'ai reconnu l'homme, au moment où il sortait du Père-Lachaise et montait dans une voiture...

— N'avez-vous pas été le jouet de quelque ressemblance ?...

— Non, monsieur... je me suis approché de lui et je lui ai parlé...

— Et vous ne l'avez point fait arrêter sur-le-champ !

— Je n'avais pas sous la main un seul sergent de ville... j'ai bien regardé de tous les côtés... point de képis à l'horizon... — D'ailleurs une tentative d'arrestation aurait fait du bruit, de l'esclandre... mon brigand aurait pu nous filer entre les doigts... — J'ai cru beaucoup plus prudent de le filer pour savoir où il loge... — Ne se doutant de rien, il ne bougera pas...

— Ainsi, vous l'avez suivi ?

— Oui, monsieur... jusqu'au Grand-Hôtel...

— Mais est-ce bien là qu'il demeure ?

— Je m'en suis assuré.

— Comment ?

— En questionnant un employé de l'établissement...

— Quelle est la nationalité de cet homme ?

— Il est Russe.

— Russe... — répéta le juge d'instruction. — Ceci explique l'accent étranger signalé par tous les témoins...

— Son nom ? — demanda le procureur de la République.

— Il s'appelle ou du moins se fait appeler le comte Smoïloff...

— Vous l'avez reconnu, dites-vous? — Vous le connaissiez donc?

— Je le reconnaissais pour l'individu qui m'avait acheté, le jour du crime, la couronne d'immortelles retrouvée dans le tombeau...

— Et monsieur avait précédemment reconnu cette couronne... — appuya le juge d'instruction. — Je vais signer à l'instant même un mandat d'amener et faire procéder, si c'est possible, à une arrestation immédiate...

— Moi, je vais donner des ordres... — dit le chef de la sûreté.

Paul de Gibray poursuivit en s'adressant à Letellier :

— Vous voudrez bien, monsieur, accompagner les agents qui vont se rendre au *Grand-Hôtel*, et demeurer à leur disposition jusqu'à ce que le criminel signalé par vous soit en lieu sûr... — On vous indemnisera pour votre temps perdu, si vous le désirez.

— Ne parlons pas de ça, monsieur... — répliqua Letellier d'un ton très digne. — Grâce à Dieu je suis à mon aise et je ne réclame rien, me trouvant

5.

trop payé par la joie d'avoir livré un scélérat à la justice de mon pays...

— Je vous remercie, monsieur, et vous félicite de votre bon vouloir et de votre désintéressement...

— Grâce à vous, peut-être aurons-nous bientôt le mot d'une monstrueuse et sanglante énigme...

## XLII

— Monsieur le chef de la sûreté, — ajouta le procureur de la République, — n'oubliez pas que perquisition doit être faite dans le logement occupé par ce Russe au *Grand-Hôtel*...

— Soyez tranquille, monsieur, la perquisition sera sérieuse...

— Hâtez-vous donc et, si le criminel a l'éveil, ne lui laissez pas le temps de se reconnaître.

M. de Gibray remonta dans son cabinet afin de signer le mandat d'amener, tandis que le chef de la sûreté donnait ses ordres à des agents.

Au bout d'un quart d'heure deux voitures partaient du Palais de Justice pour se rendre au *Grand-Hôtel*.

*
* *

Selon le désir de Verdier, caché sous le pseudonyme et sous la soutane de l'abbé Meyriss, on
avait déjeuné rapidement rue de Suresnes et l'on
s'était séparé après les résolutions prises dans l'entretien auquel ont assisté nos lecteurs.

Maurice avait été chargé de découvrir l'adresse
de l'ancien architecte Ludovic Bressolles, et de se
procurer copie de l'acte de naissance de Simone
Dharville, fille naturelle de Valentine Dharville,
femme de Ludovic Bressolles avec lequel nous
avons fait connaissance rue Vavin, chez le peintre
Gabriel Servet.

En quittant le petit hôtel de la rue de Suresnes, le
reporter du journal *le Scorpion* se rendit au cabinet
de lecture du passage de l'Opéra, et demanda si
la collection du Bottin existait dans l'établissement.

On lui répondit qu'on pouvait mettre à sa disposition les treize dernières années.

— Treize années! — se dit-il. — C'est à coup
sûr plus qu'il n'en faut pour que mes investigations
aboutissent.

Les treize gros volumes furent installés par ordre .

de dates sur une table recouverte d'un tapis vert, et Maurice commença ses recherches en prenant l'année la plus reculée.

Le premier et le deuxième volume consultés ne lui fournirent aucun renseignement, soit que M. Bressolles n'eût pas fait inscrire son nom à la direction de l'almanach des cent mille adresses, soit qu'il eût été oublié dans le recensement opéré chaque année par les soins des éditeurs de cet indispensable et volumineux recueil.

Au troisième volume Maurice fut plus heureux.

A la page réservée aux architectes il trouva le nom et l'adresse.

Ludovic Bressolles était indiqué comme demeurant au numéro 23 du boulevard des Filles-du-Calvaire.

Seulement, il y avait onze ans de cela.

Depuis onze ans M. Bressolles pouvait avoir déménagé plus d'une fois.

Maurice inscrivit sur une page de son agenda le renseignement qu'il venait de trouver, prit l'année suivante du Bottin, et se mit en devoir de vérifier si en effet M. Bressolles n'avait point changé de domicile.

Trois volumes répondirent négativement en donnant la même adresse, mais au suivant le nom disparut de la liste des architectes.

Le chercheur eut un mouvement de dépit facile à comprendre.

Il prit une autre année.

Le nom ne reparaissait point.

Une autre encore.

Toujours rien.

Il alla jusqu'au dernier volume, s'obstinant dans une espérance qui devait être finalement déçue.

Le Bottin ne faisait plus mention de M. Bressolles.

Évidemment celui-ci s'était retiré des affaires et cessait de faire partie du corps des architectes de la bonne ville de Paris.

— Serait-il allé s'établir en province ? — se demanda Maurice.

Et, fiévreusement, il se mit à feuilleter tous les volumes, à partir de l'année où le nom de Ludovic Bressolles disparaissait à Paris.

La partie réservée aux départements resta muette.

Maurice ferma le dernier bouquin avec mauvaise humeur, paya sa séance, sortit, prit une voiture, et se fit conduire au numéro 23 du boulevard des Filles-du-Calvaire.

Course inutile !...

Depuis l'époque inscrite par le jeune homme comme étant celle de la résidence de Ludovic Bressolles dans la maison, l'immeuble avait changé trois fois de propriétaire, et trois concierges s'y étaient succédé.

Le concierge actuel ignorait non seulement la demeure, mais le nom de M. Bressolles.

Très désappointé, très ennuyé, Maurice regagna sa voiture en donnant de grand cœur à tous les diables les gens qui déménagent et deviennent introuvables juste au moment où on a besoin de les trouver.

Une chance lui restait cependant, celle de tomber sur un architecte ayant conservé des relations avec son ancien confrère et pouvant donner son adresse.

Maurice entra dans un café, se fit servir un bock, demanda le Bottin de l'année, releva les noms d'une demi-douzaine d'architectes en exercice, les inscrivit sur son carnet et résolut de les passer immédiatement en revue.

Le premier qu'il questionna répondit :

— Inconnu...

Chez le second, chez le troisième, chez le quatrième, la réponse fut identique.

Le cinquième, enfin, put donner un renseignement. — Il avait connu Ludovic Bressolles et se souvenait de lui à merveille... — Il savait que son confrère, ayant hérité d'une assez grosse fortune, s'était retiré des affaires, et depuis plusieurs années il n'avait point entendu parler de lui.

— Bressolles doit avoir quitté Paris et vivre de ses rentes en province... — ajouta-t-il. — C'était un homme de goûts simples et de mœurs paisibles.

Chercher ailleurs devait fatalement aboutir à un résultat négatif.

Maurice se dit qu'il fallait provisoirement s'arrêter, et recourir à d'autres moyens pour découvrir la piste du mari de Valentine Dharville, du père de Marie Bressolles.

Ces investigations infructueuses avaient pris beaucoup de temps.

Cinq heures du soir allaient sonner

Il se souvint qu'Octavie devait venir chez lui à cinq heures.

En conséquence il se fit conduire rue de Navarin.

La jeune femme n'était pas encore arrivée, — lui dit la concierge.

Elle ne pouvait tarder... — Il monta chez lui pour l'attendre et, profitant de sa solitude momentanée, il reprit sur le rayon du haut de sa bibliothèque le portefeuille qu'il y avait placé au milieu de liasses de vieux journaux et de brochures.

Ce portefeuille, on s'en souvient, renfermait les originaux des copies gardées par l'abbé Meyriss, lors de la première entrevue, rue de Grammont, hôtel des Pays-Bas.

Maurice l'ouvrit.

Il joignit aux papiers qu'il contenait déjà la lettre et *la grille* mises par lui sous les yeux de Jules Thermis et du faux abbé.

— Edgard Allan Poë affirme que les objets les moins cachés sont les plus introuvables... — murmura-t-il. — Et il le prouve... — Néanmoins ce portefeuille me semble trop mal à l'abri. — Il faudrait aviser à le mettre en lieu plus sûr...

Entrant alors dans un cabinet noir qui lui servait de garde-robe, il se dirigea vers un angle où de vieilles malles de voyage se trouvaient entassées; il ouvrit l'une d'elles, fendit d'un coup de canif la grosse toile qui garnissait l'intérieur du couvercle, et glissa sous cette toile le précieux portefeuille.

Ceci fait, et la malle soigneusement refermée, il regagna son cabinet au moment où un grand coup de sonnette lui annonçait un visiteur.

Il alla ouvrir.

Le visiteur était une visiteuse. — La visiteuse était Octavie.

— Je suis venue afin de ne pas te manquer de parole, — dit-elle à Maurice. — Mais je ne ferai que toucher barre... — J'ai été très occupée toute la journée, et il faut que j'aille m'habiller pour le dîner du comte Yvan.

— Tu y penses beaucoup, au comte Yvan... — s'écria Maurice avec un sourire.

— Naturellement... il est si riche !... — Si je pouvais me faire épouser... hein ? Quelle chance ! Ne sois pas jaloux ! ! Ça serait bêbête... — Viens que je t'embrasse, mon chien chéri, et que je file... — au revoir, dans deux heures, chez Brébant.

Et, le faisant comme elle venait de le dire, Octavie fila.

Maurice procéda minutieusement à sa toilette de soirée, endossa un paletot chaud par-dessus son habit noir et sortit à pied.

Arrivé à la hauteur de l'église consacrée à Notre-Dame-de-Lorette, il se dit :

— J'ai près d'une heure devant moi... — Si j'allais faire une petite visite à ma bonne amie madame Rosier... — Ma foi, oui... — Elle sera si contente de me voir...

Et il se dirigea du côté de la rue de la Victoire.

Arrivé à la maison portant le numéro 32 de cette rue il entra et, s'approchant de la loge de la concierge, demanda :

— Madame Rosier est-elle chez elle, je vous prie?

La concierge connaissait le nouveau venu, car elle l'accueillit par son plus gracieux sourire en répliquant :

— Oui... oui, monsieur Maurice... vous pouvez monter... madame Rosier est chez elle...

Le jeune homme remercia du geste et gravit lestement les marches jusqu'au second étage.

Là il s'arrêta.

Une seule porte existait sur le palier.

Il sonna deux petits coups à cette porte qui s'ouvrit au bout de quelques secondes, et une vieille servante parut sur le seuil.

— C'est monsieur Maurice... — s'écria-t-elle en

tournant la tête du côté de l'appartement comme
pour être entendue de quelqu'un, — j'aurais dû le
reconnaître à sa manière de sonner deux fois... —
Entrez, monsieur Maurice...

Et elle fit passer le jeune homme devant elle.

A peine la porte était refermée qu'une femme
d'environ quarante-cinq ans, le visage illuminé par
la joie, accourut à la rencontre du visiteur.

Elle lui prit maternellement la tête entre ses
mains et l'embrassant à dix reprises, avec une véritable furie de tendresse, elle lui dit :

— Cher enfant, je n'espérais plus te voir aujour-
d'hui, et j'en avais un gros chagrin, car tu es resté
six jours sans venir ! — Ah ! comme le temps me
paraissait long !

## XLIII

— A moi aussi le temps paraissait long, bonne amie... — répondit Maurice avec une émotion qui semblait sincère.

— Vrai? — demanda madame Rosier rayonnante.

— Je vous l'affirme...

— Alors, pourquoi ne venais-tu pas?

— Parce que cela m'était impossible...

— On peut tout ce qu'on veut...

— Je le voulais, mais toujours, au moment de venir, je me trouvais pris... — Il faut me croire et me pardonner, bonne amie... — J'ai beaucoup travaillé pour mon journal, et en dehors de ce travail j'ai dû m'occuper d'une affaire...

— Une affaire sérieuse?

— Oui, et qui va probablement me permettre de gagner pas mal d'argent...

Tandis que s'échangeaient les répliques qui précèdent, la maîtresse du logis avait conduit son visiteur dans la salle à manger où le poêle ronflant entretenait une douce chaleur, et où la table était toute servie.

— Tant mieux, mon cher enfant!... cent fois tant mieux!... — reprit madame Rosier, embrassant de nouveau Maurice. — Tu me donneras des détails en dînant, car tu dîneras avec moi, n'est-ce pas?

— Je ne le puis, à mon grand regret...

— Pourquoi?

— Je suis engagé... J'ai promis... je dîne chez Brébant avec des amis...

— Et des *amies*... — ajouta madame Rosier dont le visage exprima quelque inquiétude. — Un de ces dîners qui se prolongent jusqu'à minuit, et après lesquels on joue jusqu'au matin.

— Soyez tranquille... — fit Maurice en souriant. — Je serai sage... je rentrerai de bonne heure...

— Me le promets-tu?

— Positivement.

— Tâche de tenir cette promesse, cher enfant...
— N'abuse pas de ta santé, de ta jeunesse, de ta vigueur... — On a beau être robuste... Une imprudence suffit souvent pour détruire l'équilibre... — Tu es déjà fatigué... — Je te trouve un peu pâlot...

En disant ce qui précède, madame Rosier étudiait avec une attention passionnée la figure de Maurice, où se voyait en effet l'empreinte d'une fatigue très réelle.

Dans le regard de cette femme il y avait de la tendresse, de la crainte, presque de l'angoisse. — Ses yeux, qu'un nuage de larmes semblait voiler, n'étaient pas ceux d'une amie, d'une sœur, mais ceux d'une mère fixés sur son fils bien-aimé.

Assise près du jeune homme, elle lui tenait les mains dans les siennes et les pressait doucement.

Madame Rosier, nous l'avons dit, était une femme de quarante-cinq ans, mais on aurait facilement pu la croire de quelques années plus jeune.

Sinon jolie, du moins agréable : d'une taille moyenne, mince et souple, elle avait des cheveux châtain foncé très abondants, encadrants son visage ovale aux traits gracieux et distingués quoiqu'irréguliers.

L'intelligence rayonnait sur sa physionomie.

Ses yeux, sans être grands, étaient remarquables par leur expression. — La pupille semblait en certains moments se dilater, et le regard devenait alors d'une profondeur inouïe.

Ces yeux devaient voir dans les ténèbres comme ceux des chats; ces regards devaient descendre jusqu'au fond des âmes.

— Tu as la fièvre, cher Maurice... — dit tout à coup madame Rosier au jeune homme dont les mains brûlaient les siennes.

— Non, je vous assure...

— A quoi bon nier ? — Je sens bien que ta peau est sèche, et que ton pouls bat trop vite.

— Bah ! ce n'est qu'un peu de fatigue.

— Tu abuses du travail... et du plaisir...

— Il est certain que j'ai été un peu surmené ces jours derniers, mais cela va cesser, car la nouvelle que je voulais vous apprendre, l'heureuse affaire dont je vous parlais consiste en ceci : — Un brave et riche Hollandais, ex-capitaine de navire, que j'avais vu souvent il y a un an et que j'ai rencontré il y a deux jours, vient se fixer à Paris afin de faire des études dans les bibliothèques et dans les archives du ministère de la marine, et de préparer un

grand travail historique demandé par son gouver-
nement... — Il m'attache à sa personne en qualité
de secrétaire, avec de beaux appointements... —
C'est une position d'argent et d'avenir, car je lui
deviendrai vite indispensable pour l'aider dans ses
recherches et rédiger ses notes..! — Il ne pourra
plus se passer de moi... — Je serai son *alter ego*. —
Je l'accompagnerai partout.

— Tu quitteras Paris?... — fit vivement madame
Rosier, dont les couleurs disparurent.

— Pour voyager seulement, car le capitaine se
plaît à Paris et compte y établir sa résidence dé-
finitive... — J'y reviendrai donc toujours avec
lui...

— Ah! tu m'avais effrayée... — reprit l'excellente femme avec un soupir d'allègement. — Je
suis habituée à toi, vois-tu, mon cher Maurice, je
t'aime comme si tu étais mon fils, et rien que l'idée
de me séparer de toi me fait venir les larmes aux
yeux.

En effet, madame Rosier essuyait ses paupières
humides.

Maurice l'embrassa.

— N'ayez ni souci, ni chagrin, bonne amie... —
lui dit-il. — Je vous jure bien de ne m'expatrier

jamais... — Il m'en coûterait trop, à moi, de quitter pour toujours celle qui a si généreusement remplacé près de moi la mère que je n'ai pas connue...

Le jeune homme prononça ces paroles avec une émotion qui faisait trembler sa voix.

Nous n'oserions affirmer que cette émotion fût sincère, mais madame Rosier ne pouvait que s'y laisser prendre, et s'écria en appuyant ses lèvres sur le front de Maurice :

— Ah ! cher, cher enfant, qu'elle serait heureuse, ta mère, en te voyant si bon, si aimant, si travailleur... — Comme elle doit te bénir du haut du ciel, et demander à Dieu de veiller sur toi sans cesse...

Brusquement elle réagit contre l'attendrissement qui s'emparait d'elle et, changeant de conversation, elle poursuivit :

— Ainsi tu vas être le secrétaire de ce capitaine hollandais ?

— J'entrerai demain en fonctions.

— Quel sera le chiffre de tes appointements ?...

— Huit mille francs.

— Mais c'est très joli, cela !... — Avec tes six mille francs de pension, cela te constitue une véritable petite fortune...

— Je ferai des économies...

Madame Rosier eut aux lèvres un pâle sourire.

— Des économies ! — répéta-t-elle. — Les économies d'un homme de ton âge, avide de plaisir, tu me permettras de n'y pas croire... — Je ne vois d'ailleurs aucun mal à ce que tu t'amuses, pourvu que tu saches jouir de tout sans abuser de rien... — Heureusement le travail est un préservatif... et tu aimes le travail, grâce à Dieu !... tu comprends qu'un désœuvré manque à sa tâche dans ce monde et n'est point un homme honorable...

— Certes, je le comprends, et je le prouve en vivant comme je vis...

— Tu ne songes point à te marier, n'est-ce pas ? — demanda madame Rosier, avec une sorte de vague inquiétude.

— Je n'y songe pas du tout... quant à présent du moins... et en cela je suis vos conseils... — Pour prendre femme, il faut avoir le courage de dire adieu sans regret au côté joyeux et insouciant de la vie... et j'avoue que je ne me sentirais en aucune façon ce courage-là... Nous verrons plus tard...

— Plus tard... oui, plus tard... — murmura madame Rosier dont une ombre soudaine avait voilé le front, — et même pas du tout... — ajouta-t-elle. — Qui sait ? Cela vaudrait peut-être mieux pour toi...

— Cependant, à trente-cinq ou quarante ans, si je trouvais une femme riche, il me semble que la chose pourrait être utile... — répliqua Maurice.

— Sans doute, mais, d'ici à dix ou quinze ans, nous avons le temps d'y penser...

— Largement! — fit le jeune homme avec un sourire.

Il tira sa montre de son gousset, regarda le cadran et quitta son siège.

— Tu pars?... — demanda madame Rosier.

— Oui... — On doit se mettre à table à huit heures et il est huit heures moins dix... — Je serai de quelques minutes en retard...

— Quand te reverrai-je?

— Le plus tôt possible...

— C'est trop vague...

— Eh! bien, d'ici à deux ou trois jours...

— Et tu dîneras avec moi?

— Je vous le promets...

— Et tu ne resteras plus désormais si longtemps sans venir?

— Je ferai tout pour venir souvent... — C'est une grande joie pour moi de vous voir, vous le savez bien, bonne amie...

— Cher enfant !...

Maurice embrassa madame Rosier, qui lui rendit ses baisers avec usure, l'accompagna sur le palier, le regarda descendre et, quand il eut disparu dans la spirale de l'escalier, rentra chez elle, se laissa tomber sur un fauteuil, cacha son visage entre ses mains et éclata en sanglots.

La crise de douleur de la pauvre femme se calma peu à peu, mais quand ses larmes se tarirent, quand les sanglots ne soulevèrent plus sa poitrine, son visage conserva l'empreinte d'une souffrance intérieure violente.

— Oui... oui... plus tard, ou plutôt jamais... — murmura-t-elle d'une voix sourde, en promenant autour d'elle un regard égaré. — S'il se mariait maintenant... si même il se mariait un jour, il faudrait lui révéler le terrible secret... il faudrait lui dire qu'il est né dans une prison, d'un père infâme... d'un père assassin... que ce père s'appelait Pierre Lartigues, un échappé des bagnes, et que sa mère, Aimée Joubert, connue aujourd'hui sous le nom de madame Rosier, a fait pendant quinze ans partie de la police !

» Lui révéler cela, mon Dieu !...

» Le cher enfant pourrait-il m'aimer encore ?

6.

Pourrait-il ne pas me mépriser et ne pas me maudire ?

On frappa doucement à la porte.

— Entrez... — dit la pauvre femme.

La servante entre-bâilla l'huis et demanda :

— Puis-je vous servir, madame? Il se fait tard...

— Oui, Madeleine, vous pouvez servir...

Et madame Rosier, gagnant la salle à manger, s'assit à sa table solitaire.

LIV

Laissons Maurice se rendre chez Brébant au grand dîner offert la veille par le comte Yvan Smoïloff à tous les convives du vicomte Guy d'Arfeuilles. — Retournons un peu en arrière et suivons les deux voitures qui conduisaient au Grand-Hôtel le commissaire aux délégations, le chef de la sûreté et ses agents, et enfin le marchand de couronnes de la rue de la Roquette.

Il était trois heures et demie lorsque les deux fiacres, — afin de ne point attirer l'attention, — s'arrêtèrent à l'angle du boulevard et de la place de l'Opéra.

Les agents avaient reçu leurs instructions.

Un seul devait suivre les magistrats à l'intérieur.

Le rôle des autres était de veiller aux abords de l'hôtel, et de prêter main-forte dès le premier appel si le besoin de leur assistance se faisait sentir.

Naturellement M. Letellier accompagnait le chef de la sûreté.

Celui-ci se présenta seul au bureau du Grand-Hôtel, laissant un peu en arrière le commissaire aux délégations, le marchand de couronnes et l'agent.

— Monsieur, — demanda-t-il à l'employé qui se trouvait là, — vous avez ici, n'est-ce pas, un voyageur nommé le comte Smoïloff ?

Sans même consulter le registre *ad hoc*, l'employé répondit :

— Parfaitement, monsieur... — Un jeune Russe de haute distinction...

— Est-il en ce moment chez lui ?

— Je vous l'apprendrai dans quelques secondes...

L'employé appuya sur un timbre électrique, puis, approchant de sa bouche le pavillon d'un tube acoustique, il prononça cinq ou six mots ; ensuite il appliqua contre son oreille l'extrémité d'un autre tube, et presque aussitôt dit à haute voix :

— Non, monsieur... — Le comte Smoïloff est sorti depuis une demi-heure...

— Ce renseignement est-il certain ?

— Absolument certain. — Je me suis adressé au garçon de service de l'étage où demeure le comte.

— A merveille... — Veuillez, monsieur, me montrer le livre sur lequel vos voyageurs sont inscrits...

L'employé regarda son interlocuteur avec une surprise manifeste et s'écria :

— Mais à quel titre, monsieur, me demandez-vous cela ?

— Je suis le chef de la sûreté.

— Il suffit, monsieur... — Je n'ai qu'à me mettre à vos ordres... — Voilà le livre...

— Cherchez-y la mention relative au voyageur russe...

— La voici...

— Lisez tout haut.

— « *Comte Yvan Smoïloff, sujet russe, arrivant de Saint-Pétersbourg... — papiers en règle.* »

— Il est entré ici ?

— Le 16 décembre... voilà par conséquent huit jours.

— Connaissiez-vous déjà ce jeune homme ?

— Non, monsieur.

— N'était-il donc jamais venu à Paris ?

— Il n'était du moins jamais descendu au Grand-Hôtel...

— Vous ignorez où il se trouve en ce moment ?

— Comment le saurais-je, puisque j'ignorais même qu'il fût sorti ?...

— Supposez-vous qu'il rentrera dîner ?...

— C'est peu probable...

— Il ne prend donc point ses repas à la table d'hôte du Grand-Hôtel ?

— Il y déjeune quelquefois, mais il n'y dîne jamais...

— Savez-vous où il a ses habitudes ?

— Non, monsieur... — Je sais cependant qu'il a dîné chez Brébant hier avec quelques amis, et qu'il n'est rentré que bien avant dans la nuit.

— Quelle chambre occupe-t-il ici ?

— Un appartement complet, portant le numéro 54...

— Veuillez, je vous prie, donner l'ordre qu'on m'y conduise.

— Mais, monsieur... — commença l'employé avec un véritable effarement.

Le chef de la sûreté l'interrompit :

— Ne craignez point de vous compromettre, monsieur... — lui dit-il... — Le commissaire aux délégations judiciaires m'accompagne, et nous agissons en vertu de pouvoirs réguliers. Voici un mandat d'amener lancé contre le comte Smoïloff, et je dois opérer, avec mes agents, une perquisition sérieuse dans l'appartement qu'il occupe.

— J'obéis, monsieur... on va vous conduire... mais il doit y avoir ici quelque malentendu... quelque erreur...

— Je ne crois pas, monsieur...

— Il est impossible que le comte Smoïloff, un si parfait gentleman, un homme si riche, ait quelque chose à se reprocher...

— Tant mieux pour lui... — Soyez certain qu'il ne sera point inquiété s'il a la conscience nette.

L'employé frappa de nouveau, à trois reprises, sur le timbre électrique.

Un garçon entra dans le bureau.

— Conduisez monsieur et les personnes qui l'accompagnent à l'appartement du comte Smoïloff, numéro 54, et qu'on leur ouvre la porte de cet appartement... — lui dit l'employé.

Il ajouta, mais beaucoup plus bas, en s'adressant au chef de la sûreté :

— Je vous en prie, monsieur, agissez le plus secrètement possible et ne laissez pas soupçonner le motif qui vous amène... — Une descente de police, vous le savez aussi bien que moi, produit partout un effet déplorable, à plus forte raison dans une maison de l'ordre de celle-ci...

— Soyez tranquille... les choses seront faites discrètement et sans scandale, je vous le promets... — De votre côté vous voudrez bien, si le jeune Russe rentrait pendant que je serai chez lui, le retenir un instant, ne point lui donner l'éveil et m'aviser de son arrivée...

— Vous pouvez compter sur moi, monsieur...

— J'y compte d'autant plus qu'il est probable que nous avons affaire à un misérable de la pire espèce...

— Le comte Smoïloff... un misérable !... — interrompit l'employé stupéfait.

— Parfaitement, — continua le chef de la sûreté, — et qu'en lui donnant les moyens de nous échapper, vous vous rendriez en quelque sorte son complice...

— Ah! je n'aurai garde... — A qui se fier, mon Dieu? à qui se fier?

— Venez, monsieur, — dit le garçon, — je vais vous conduire...

En sortant du bureau le chef de la sûreté s'arrêta près du groupe composé du commissaire aux délégations, du marchand d'objets de deuil et de l'agent Jodelet.

— Il est sorti, — leur dit-il. — Monsieur Letellier va rester ici en faction avec Jodelet, afin de reconnaître notre homme s'il rentrait, et de lui mettre la main au collet s'il essayait de fuir.

— Bien, monsieur... — répliqua l'agent.

— Nous, mon cher maître, nous allons faire perquisition dans l'appartement de ce personnage qu'on enveloppe ici d'une considération tout à fait hors ligne... — Ne perdons pas de temps... Venez...

Le garçon conduisit les deux magistrats à l'appartement portant le numéro 54; il leur fit ouvrir la porte par son collègue de service au premier étage et se retira.

Rien de suspect ne s'offrit aux regards des deux visiteurs.

Des vestons et des pardessus étaient accrochés aux portemanteaux.

Le chef de la sûreté les examina pour ainsi dire à la loupe et n'y put découvrir aucune tache de sang.

On explora les meubles.

Les tiroirs étaient vides.

Deux grandes malles de voyage, appartenant au jeune Russe, furent ouvertes.

L'une contenait des vêtements de drap et des fourrures.

L'autre renfermait du linge marqué des initiales Y S surmontées d'une couronne de comte.

Du reste, ni papiers, ni armes.

La perquisition la plus minutieuse ne donna que des résultats absolument négatifs.

Le chef de la sûreté appela le garçon de service.

— Savez-vous, — lui demanda-t-il, — si le voyageur qui habite cet appartement a donné du linge à blanchir hier ou ce matin?

— Ce matin, oui, monsieur... — trois chemises de jour, trois chemises de nuit, six mouchoirs de poche et trois paires de chaussettes... — C'est moi qui ai préparé le paquet pour la blanchisseuse de l'hôtel.

— Vous n'avez pas remarqué sur le plastron ou les poignets d'une des chemises des taches rouges semblables à des éclaboussures de sang ?

— Oh ! non, monsieur... — Le comte Smoïloff change de linge tous les jours... — Son linge est aussi propre quand il le quitte que quand il le met.

Le chef de la sûreté désigna les vêtements accrochés aux portemanteaux.

— Pliez ces effets, — commanda-t-il, — et mettez-les dans ces malles...

Le garçon obéit.

Les deux malles furent fermées à clef, et par ordre des magistrats descendues au bureau de l'hôtel.

— Notre perquisition est finie... — dit le chef de la sûreté au représentant de la gérance. — Je mets ces malles sous votre reponsabilité... — Elles ne doivent sortir d'ici que sur un ordre écrit du parquet...

— Soyez tranquille, monsieur, elles n'en sortiront pas avant que l'ordre arrive...

— J'y compte... Je vais laisser des agents à la porte, sur le boulevard, mais n'en prenez nul souci... — Ne vous préoccupez de rien... — Tout sera fait sans bruit, tout se passera sans esclandre.

— Rien ne compromettra l'hôtel.

L'employé salua, en murmurant quelques mot
de gratitude.

Les deux magistrats sortirent pour aller rejoindr
Letellier et Jodelet.

— Monsieur le chef de la sûreté me permettra
t-il de lui demander s'il a trouvé des indices ?... —
fit ce dernier.

— Aucun... — Nous avons affaire à un scéléra
qui pense à tout et ne néglige aucune précaution

— Quoi, pas même des effets se rapportant au
signalement qui a été donné par le restaurateur de
Saint-Mandé et le cocher Cadet ?

— Pas même cela... — l'habile coquin a tou
fait disparaître.

— Aucune arme ?

— Aucune... — Ah ! c'est un malin !...

— Il a beau être malin, — dit Jodelet, — il faudra
bien qu'il parle, quand on le tiendra...

Le chef de la sûreté regarda sa montre et dit :

— Cinq heures passées... — Il ne dîne jamais
ici... — Selon toute apparence il ne rentrera pas...

## XLV

Jodelet se gratta l'oreille d'un air préoccupé.

— Quelque chose vous inquiète ? — lui demanda le commissaire aux délégations.

— Oui. — Je réfléchis que ce gredin a eu dix fois pour une le temps de prendre la poudre d'escampette, et qu'il est déjà bien loin si les questions de M. Letellier, lors de leur rencontre près du Père-Lachaise, lui ont donné l'éveil...

— Bah ! — répliqua le commissaire. — On a expédié son signalement sur toutes les lignes, à toutes les frontières... il se ferait prendre...

— Je vous ai dit qu'il s'était arrêté ce matin chez Brébant... — hasarda le marchand d'objets de deuil.

— Et il y a dîné hier... — s'écria le chef de la sûreté. — Peut-être y dînera-t-il aujourd'hui...

— C'est possible, en effet...

— Jodelet, prenez une de nos voitures et filez chez Brébant... — Là vous tâcherez de savoir si le Russe est connu dans la maison et s'il y dîne habituellement, chose qui n'aurait rien d'étonnant, car il déjeune au Grand-Hôtel mais n'y prend jamais le repas du soir...

L'agent de la sûreté partit en toute hâte.

— Nous, messieurs, — reprit le chef, — armons-nous de patience... — Allumons des cigares pour tuer le temps, et ménageons nos jambes en montant dans l'autre voiture que nous ferons avancer jusqu'en face de l'hôtel afin de surveiller l'entrée...

Ce qui venait d'être dit fut fait aussitôt.

Une demi-heure se passa, — puis trois quarts d'heure, — puis une heure.

Le comte Yvan Smoïloff ne rentrait pas, et l'absence de Jodelet se prolongeait.

— Armons-nous de patience, — avait dit un peu auparavant le chef de la sûreté.

Il était dans le vrai.

En matière de police surtout la patience est une force, en même temps qu'une nécessité.

Combien d'adroits malfaiteurs auraient échappé à l'action de la police si les agents n'avaient fait preuve d'une ténacité exemplaire.

Les minutes passaient lentement.

La nuit était devenue très noire.

Sur toute la ligne des boulevards étincelait le gaz. — Une bise glaciale soufflait du nord-est et les passants se hâtaient, entortillés de cache-nez et les mains dans les poches.

Jodelet parut enfin.

Il s'adressa à l'un des agents restés en faction près de l'entrée du *Grand-Hôtel*.

L'agent lui indiqua la voiture.

Jodelet s'en approcha et passa sa tête par le cadre de la portière.

— Eh bien? — demanda vivement le chef de la sûreté.

— Eh bien! nous le tenons...

— Est-ce un espoir ou une certitude ?

— C'est une certitude.

— Bravo! — où allons-nous ?

— Chez Brébant...

*<br>* *

Il était huit heures moins un quart.

Une grande animation régnait au restaurant célèbre du boulevard Poissonnière.

Le salon que nos lecteurs connaissent renfermait presque tous les jeunes gens et les jeunes femmes que nous y avons vus la veille au soir, convives du vicomte Guy d'Arfeuilles, et qui y revenaient invités par le comte Yvan Smoïloff.

Deux personnes seulement manquaient encore à l'appel.

C'était Maurice, habituellement exact, et le petit baron Pascal de Landilly qui, lui, n'arrivait jamais à l'heure.

Pourquoi, n'ayant absolument rien à faire, s'attardait-il toujours ainsi ?

Il aurait été, croyons-nous, bien embarrassé de l'expliquer aux autres, ne se l'expliquant point à lui-même.

La conversation, dont les banalités courantes et les choses du jour faisaient les frais, ne languissait pas.

Les futurs dîneurs dégustaient des apéritifs en

parlant des petits scandales parisiens, des pièces nouvelles, et des bals masqués dont l'inauguration allait avoir lieu dans la nouvelle salle de l'Opéra.

Seuls, le Russe et mademoiselle Octavie ne prenaient aucune part à la causerie générale.

Assis à côté de la pécheresse sur un divan, le comte paraissait fort épris.

Octavie écoutait en souriant les madrigaux qu'il lui débitait avec une veine entraînante.

— Ah! çà mais, — dit-elle tout à coup, — à vous entendre, cher comte, on jurerait que vous êtes amoureux de moi...

— On aurait donc déjà bien raison de le jurer, puisque c'est la vérité la plus littérale... — Est-ce que vous en doutez, par hasard ?

— Infiniment...

— Vous ne croyez point à mon amour ?...

— A votre galanterie, beaucoup, à votre amour, pas du tout...

— Ainsi mes tendres paroles?... — mes serments ?...

— Fausse monnaie que les naïves prennent pour argent comptant, mais qu'il ne me plaît d'accepter que sous bénéfice d'inventaire...

7.

— Je vous affirme que je suis la sincérité même, et que je vous adore...

— Tous les hommes disent cela à toutes les femmes... à toutes les jolies femmes, bien entendu...

— Je fais exception à la règle générale...

— Cher comte, vous aurez quelque peine à me persuader cela...

— Faites-moi subir des épreuves... j'en sortirai victorieux... — J'accepterai tout, je me soumettrai à tout, à la condition d'obtenir une place un peu grande dans votre cœur...

— L'homme qui voudrait sérieusement occuper cette place devrait la conquérir...

— Et comment?

— En se pliant d'abord à toutes mes fantaisies, à tous mes caprices...

— Mais je ne demande qu'à m'y plier...

— Je dois vous prévenir que mes fantaisies et mes caprices sont ruineux. — J'adore les petits hôtels, les ameublements de style, les chevaux de sang, les bibelots anciens, les tableaux modernes, les toilettes des grands couturiers; et ce qui me plaisait la veille ne me plaît plus le lendemain... ce qui fait qu'il faut changer tout...

— Nous nous entendrons parfaitement à cet égard, donc déjà... — Vos jolies petites dents blanches ont beau être bien aiguisées, elles ne viendront jamais à bout de croquer les revenus de mes mines de cuivre des monts Ourals...

— Comment, vous êtes si riche que cela?

— Encore plus...

— Un *placer*, alors?...

— Toute une Californie de *placers!*...

— A quelle heure sortira-t-on de table?

— Vers minuit, je pense...

— Jouera-t-on, comme hier, après dîner?

— Peut-être, mais que nous importe? — Je ne tiens pas à jouer...

— Eh bien! après dîner, nous causerons...

— De quoi parlerons-nous?...

— De choses sérieuses... — Nous établirons les bases d'un petit acte de société en participation...

— C'est convenu...

Yvan se pencha vers la jeune femme et voulut lui poser ses lèvres sur le cou.

Elle se dégagea vivement.

— Oh!... pas d'acomptes, mon bon!... — dit-elle en riant. — L'acte de société n'est pas encore signé... — Il faut que vous ayez accepté les charges avant d'encaisser les bénéfices...

En ce moment Maurice entrait avec Pascal de Landilly.

La petite tête d'oiseau de ce dernier disparaissait aux trois quarts entre son immense cache-nez et le collet relevé de son pardessus.

— Ah! mes excellents bons, quel temps! — fit-il de sa voix légèrement fêlée. — Je suis sûr qu'il y a ce soir quarante degrés de froid! — Plus fort qu'en Sibérie! Hein, cher comte?... — C'est à faire éclore des ours blancs sur le perron de Tortoni!... — Notre ami Smoïloff, pour ne pas se dépayser tout à fait, nous a bel et bien apporté dans ses bagages les glaces de la Néva!!

Maurice, lui, ne dit rien, et se contenta de serrer les mains tendues vers lui.

Le maître d'hôtel vint annoncer que *ces dames* étaient servies.

Chacun des convives offrit son bras à une femme, et tous les couples passèrent dans la salle splendidement éclairée où le dîner était servi.

Aussitôt après le potage, Pascal de Landilly s'écria :

— Figurez-vous, mes excellents bons, que tantôt

je suis allé dans un endroit très chic ! — Devinez
où ?... — Non, ne cherchez pas... vous ne devineriez
jamais... — C'est à la Morgue... parole d'honneur !... une idée catapultueuse... — J'ai vu la
femme du Père-Lachaise et l'homme de la rue Ernestine... — Très curieux, vous savez... très émou-
vant... ça vous donne la *petite mort!*...—Figurez-vous
que ces infortunés...

— Oh ! assez ! assez, mon bébé ! — interrompit
mademoiselle Adèle de Civrac, née Greluche. — Tu
vas mettre une sourdine, n'est-ce pas ? — Des his-
toires de la Morgue, il n'en faut point à dîner... ça
coupe l'appétit.

— Elle est épatante, parole ! mais au fond elle
a raison... — dit Pascal. — Laissons dormir cette
lugubre histoire... — Elle m'a donné le cauchemar
la nuit dernière... — Je me voyais entouré d'une
demi-douzaine de cadavres, et derrière les cadavres
un commissaire, des gendarmes, des agents, tout
le bataclan... — Hein ? Elle est bien bonne ! !

Pascal de Landilly achevait à peine ces derniers
mots, quand la porte de la salle s'ouvrit.

Le commissaire aux délégations parut, ceint de
son écharpe, accompagné du chef de la sûreté, de
Letellier, de Jodelet, et suivi de plusieurs agents.

A cette vue, une expression de surprise allant jusqu'à la stupeur se peignit sur tous les visages.

Maurice devint blanc comme un linge.

Un tremblement nerveux s'empara de lui.

Il fut obligé de se cramponner au bord de la table pour ne pas tomber.

— Si je pouvais fuir... — pensait-il.

Mais la fuite était impossible, — matériellement impossible.

Des agents occupaient les issues, et sans le moindre doute ils avaient reçu l'ordre de ne laisser passer personne.

— Je suis pris... — continua l'assassin en se parlant à lui-même. — Seulement ils ne m'auront pas vivant... — J'ai joué ma vie... j'ai perdu... je payerai... — Je veux bien mourir, mais non sur l'échafaud...

Et il prit sur la table un couteau, prêt à se l'enfoncer dans le cœur à la minute précise où la main d'un agent se poserait sur son épaule.

Ce qui précède s'était passé en infiniment moins detemps que nous n'avons mis à le raconter.

Un silence profond régnait dans la salle... — On n'entendait que le bruit des respirations haletantes.

## XLVI

Le jeune Russe se leva avec un calme apparent, et s'adressant à celui des nouveaux venus qui marchait le premier et portait une écharpe tricolore, insigne de fonctions officielles, il lui demanda :

— Qui êtes-vous, monsieur, et que voulez-vous ?

— Je suis commissaire aux délégations judiciaires, — répondit le magistrat, — et je veux savoir quel est celui de vous qui se nomme le comte Smoïloff.

— C'est moi, monsieur, — répondit froidement Yvan.

— Oui, c'est bien lui... — murmura le marchand d'objets de deuil à l'oreille du commissaire qui reprit aussitôt, en s'approchant du comte :

— Eh bien ! monsieur, au nom de la loi, je vous arrête !...

La foudre tombant sur la table, au milieu des convives, n'aurait pas produit un effet plus terrible que cette simple phrase.

Une exclamation d'effroi s'échappa de toutes les bouches.

Maurice seul éprouva un soulagement immense.

L'angoisse qui le prenait à la gorge et qui l'étranglait venait de finir.

Il lâcha le couteau dont ses doigts crispés serraient le manche, et pour la première fois depuis quelques secondes il put respirer à pleine poitrine.

Le jeune Russe était devenu très pâle.

— M'arrêter, moi ! ! — s'écria-t-il avec une hauteur dédaigneuse. — Ah çà ! monsieur, vous êtes insensé ! ! — De quel droit m'arrêteriez-vous ? En vertu de quel titre ?

— En vertu d'un mandat régulier, dont je suis porteur...

Le vicomte Guy d'Arfeuilles jugea opportun d'intervenir.

— Monsieur le commissaire aux délégations, — dit-il, — personne plus que moi ne respecte la loi et ses représentants, mais permettez-moi de vous dire qu'il y a certainement ici quelque erreur matérielle... quelque ressemblance de nom facile à éclaircir... — Notre ami est au-dessus du soupçon, et...

— Silence, monsieur!... — interrompit sèchement le magistrat. — Je n'ai point à discuter avec vous.

— De quoi suis-je accusé? — demanda le comte Yvan qui conservait l'apparence du calme, mais dont les lèvres et les mains tremblaient.

— Ce n'est pas à moi de vous l'apprendre...

— Je veux le savoir, cependant...

— Oh! soyez tranquille, vous le saurez bientôt... puisque vous prétendez l'ignorer...

— Je l'ignore, je vous le jure!

— Soit...

— Dites-le-moi donc...

— Le juge d'instruction vous le dira... — Venez, monsieur...

— Qu'allez-vous faire de moi?...

— Vous conduire d'abord au dépôt de la préfecture.

— Au dépôt de la préfecture... — répéta le Russe avec dégoût.

— Vous n'y resterez pas longtemps... — Veuillez nous suivre.

— J'obéis, car il faut céder à la force et vous avez la force... mais je proteste de toute la puissance de mon indignation... — En m'arrêtant, moi, innocent, moi, étranger, vous commettez une action inique! La honte et l'odieux en retomberont sur vous!! — Mes amis, mes convives, — ajouta le comte en s'adressant aux jeunes gens et aux jeunes femmes effarés qui l'entouraient, — la monstrueuse erreur dont je suis victime ne saurait être de longue durée... — Je ne vous dis pas : *adieu!...* je vous dis : *au revoir!... à bientôt!...*

Il se pencha vers Octavie qui voyait avec une stupeur désolée ses beaux rêves s'évanouir comme un brouillard que le vent dissipe, et murmura près de son oreille :

— A demain, j'espère... — Monsieur, je suis prêt à vous suivre...

Le vicomte Guy d'Arfeuilles serra silencieusement les mains du comte qui partit contre les agents.

Une demi-heure après, il entrait au dépôt.

Là on le fouillait rigoureusement, on lui enlevait son porte-monnaie, son portefeuille, ses bijoux et on l'écrouait.

— C'est parfaitement notre homme, — disait Jodelet au chef de la sûreté; — il est d'une jolie force... on aura de la peine à le faire parler...

— Bah! les plus forts deviennent faibles quand ils sont pincés, et le juge d'instruction trouvera moyen de lui délier la langue...

Chez Brébant les hommes endossaient leurs paletots, les femmes s'enveloppaient dans leurs fourrures, car personne ne se sentait d'humeur à continuer le repas interrompu par l'arrestation de l'amphitryon.

— J'ai eu rudement peur ! — pensait Maurice. — J'ai bien cru que la police arrivait à mon intention... mais pourquoi donc le comte Yvan est-il arrêté ?...

Le jeune Russe, en entrant dans la cellule froide, nue, d'aspect sinistre, où il devait rester au secret, demanda :

— Vais-je passer la nuit ici?

On ne lui répondit même pas.

On referma la porte et on le laissa seul.

Le commissaire aux délégations allait quitter le dépôt, en compagnie du chef de la sûreté, quand on remit à ce dernier une lettre qu'on venait d'apporter pour lui.

Cette lettre était du juge d'instruction.

Paul de Gibray, très curieux de connaître les résultats de la descente de police au Grand-Hôtel, et convaincu que l'arrestation du criminel était imminente, prévenait le chef de sûreté qu'il le trouverait au palais de justice, dans son cabinet où il attendrait des nouvelles toute la soirée.

Les deux magistrats allèrent aussitôt rejoindre le juge d'instruction qui les accueillit par ces mots :

— Soyez les bienvenus, messieurs, surtout si vous tenez le coupable...

— Nous le tenons... — dit le commissaire.

— Il est arrêté ?...

— Depuis une heure.

— Où l'avez vous pris ?

— Chez Brébant, où il dînait en brillante et joyeuse compagnie... — Le misérable est lié avec des gens du meilleur monde...

— Comment cela s'est-il passé?...

Le chef de la sûreté raconta par le menu ce que nos lecteurs savent déjà.

— Avez-vous pris les adresses des convives de ce comte vrai ou faux?

— Non, mais nous avons tous les noms... — Ce

sont des gens connus que nous retrouverons dès
qu'il le faudra...

— L'homme est au secret?

— Naturellement.

— Il a été fouillé devant vous?

— Oui, monsieur...

— Cette fouille vous a-t-elle fait découvrir
quelque chose d'important?

— Nous n'avons point ouvert le portefeuille qui
lui a été enlevé... — Nous vous l'apportons, avec
son porte-monnaie, sa montre et ses bijoux.

— Donnez-moi le portefeuille... — Nous allons
l'examiner ensemble...

Le chef de la sûreté passa au juge d'instruction
l'objet demandé et déposa sur le bureau le porte-
monnaie, la montre, les bijoux.

En même temps il disait :

— Les malles contenant le linge et les vêtements
de l'inculpé ont été saisies par nous dans l'appartement qu'il occupait, et consignées au bureau du
Grand-Hôtel... — Est-il nécessaire de les faire apporter immédiatement ici?

— Pas le moins du monde... — Nous nous occu-
perons de cela demain... — Voyons seulement ce
soir ce que contient le portefeuille...

Ce portefeuille était de grande dimension, en cuir de Russie d'un rouge sombre, encadré d'argent finement ciselé et gravé.

Il portait les initiales Y. S. K, en argent, entrelacées et surmontées de la couronne de comte.

M. de Gibray l'ouvrit.

L'une des poches renfermait vingt-cinq billets de la Banque de France, de mille francs chacun, deux lettres écrites en russe et quelques cartes de visite au nom du comte Yvan Smoïloff.

Dans l'autre poche se trouvait une clef.

Paul de Gibray la prit.

— Mais c'est la clef du tombeau Kourawieff!... — s'écria-t-il après un examen attentif.

Le chef de la sûreté examina la clef à son tour et dit :

— En effet, je le crois...

— Nous allons nous en assurer... — poursuivit le juge d'instruction.

La serrure de la porte de bronze avait été dévissée et se trouvait sur le bureau, parmi les pièces à conviction.

Il introduisit sans le moindre effort la clef dans cette serrure.

Il la fit tourner et le pêne fut mis en mouvement avec une merveilleuse facilité.

— Vous voyez que je ne me trompais pas ! — dit-il ensuite. — Cette clef est bien celle du tombeau... — Il ne peut plus exister l'ombre d'un doute... — Nous tenons l'assassin...

— L'évidence s'impose... — appuya le chef de la sûreté.

On explora de nouveau le portefeuille, mais sans y trouver autre chose.

La troisième poche était vide.

Le commissaire aux délégations examinait pendant ce temps les deux missives écrites en russe. — Il les tournait et les retournait.

— Savez-vous le russe ? — lui demanda Paul de Gibray en souriant.

— Non, monsieur...

— Il faudra donc faire traduire ces lettres, car peut être sera-t-il nécessaire de connaître leur contenu ?

— Demain ce sera fait, monsieur...

— Interrogerez-vous l'inculpé ce soir ? — fit le chef de la sûreté.

M. de Gibray regarda sa montre.

— Près de onze heures... — dit-il,... — Donnemain il sera temps... — Je crois d'ailleurs que l'interrogatoire marchera tout seul et que l'instruction sera vite terminée... — En face de l'évidence toute dénégation devient impossible... — l'homme ne pourra lutter...

— Ah ! — murmura le chef de la sûreté, — ne vous y fiez pas, monsieur le juge d'instruction.

— Pourquoi donc ?

— L'homme luttera quand même... — Il a un sang-froid inouï et se défendra comme un beau diable...

M. de Gibray sourit.

— S'il se défend, tant mieux ! — s'écria-t-il. — Une victoire disputée n'en a que plus de prix...

## XLVII

Le porte-monnaie, en cuir de Russie pareil à celui du portefeuille, renfermait une dizaine de doubles louis et deux billets de cinq cents francs.

Il portait comme lui les initales Y. S. K. en argent, surmontées de la couronne de comte.

Les mêmes initiales et la même couronne se détachaient en relief sur le boîtier de la montre, — un chronomètre d'une grande valeur.

— Nous tenons le criminel, c'est évident, — reprit le chef de la sûreté, — mais je ne vois toujours pas le mobile du crime.

— Nous le connaîtrons bientôt, — répliqua M. de Gibray, — et tout me dit que mes premières suppositions étaient bien fondées... — Soyez certain qu'au fond de l'affaire qui nous occupe se trouve un secret de famille... d'une grande famille...

— Croyez-vous donc que l'assassin soit vraiment Russe et vraiment noble ?... — demanda le commissaire aux délégations.

— Je n'en sais rien, mais pourquoi pas ? — Les causes célèbres de tous les temps ne nous montrent-elles pas des gentilshommes très authentiques devenus criminels ?

Le chef de la sûreté examinait avec attention le porte-monnaie, le portefeuille et la montre.

— Une chose me préoccupe... — fit-il tout à coup.

— Quelle chose ? — demanda le juge d'instruction.

— L'homme que nous venons d'arrêter se nomme, ou du moins se fait nommer *le comte Yvan Smoïloff*...

— Sans doute... — Eh ! bien ?...

— Eh bien ! les trois objets que nous avons sous les yeux pourraient bien ne pas être la propriété légitime du prisonnier.

— Qui vous fait supposer cela ?

— La chose du monde la plus simple... — Chacun de ces objets porte trois initiales, et la troisième : K, ne se rapporte ni au prénon d'YVAN, ni au nom de SMOÏLOFF...

— C'est juste... — dit M. de Gibray ; — j'éclaircirai cela.

— Avez-vous des ordres ou des instructions à nous donner? — demanda le commissaire.

— Oui... — je veux opérer sans retard des confrontations, et je vous prie de faire remettre demain, dès la première heure, les *citations à témoins* que je vais remplir.

Ce sera fait.

Dix minutes plus tard les trois hommes se séparaient.

Rejoignons Yvan Smoïloff.

Le jeune Russe, nous le savons, s'était heurté contre un mutisme absolu et n'avait pu obtenir aucun éclaircissement sur les motifs de son arrestation.

Convaincu qu'il était victime d'une méprise, d'une ressemblance quelconque de visage ou de nom, il se croyait absolument sûr d'être mis en liberté le lendemain, aussitôt après avoir été entendu, et se promettait d'obtenir justice de ceux qui, par une impardonnable légèreté, l'avaient fait traiter en criminel.

Néanmoins, quoique sa conscience ne lui repro-
chât rien, il ne pouvait s'empêcher de ressentir
quelque inquiétude en songeant que la justice hu-
maine est tout ce qu'il y a de moins infaillible,
que les erreurs judiciaires sont fréquentes, et que
d'innombrables innocents ont payé pour les cou-
pables.

Il se demandait en frissonnant de quoi on l'accusait, si le hasard ne l'avait pas compromis à son
insu dans quelque sombre et sanglante aventure,
si des semblants de preuves n'existaient pas contre
lui, et si, malgré son innocence, il parviendrait à
se justifier ?

Sa nuit fut terrible.

Depuis le moment où la porte de la cellule fut
refermée sur lui, jusqu'à l'heure où les clartés
grises de l'aube remplacèrent les ténèbres, il ne
ferma pas les yeux.

Les minutes lui paraissaient longues comme des
heures, tant son anxiété devenait intolérable à mesure que le temps s'écoulait.

Il aurait donné de grand cœur une ample part
de sa fortune pour avancer l'instant de sa compa-
rution devant un magistrat.

Un peu après le point du jour il entendit la clef massive tourner dans la lourde serrure.

La porte s'ouvrit.

Un gardien entra.

Il venait constater *de visu* l'état du prisonnier.

Yvan Smoïloff l'interrogea mais, la consigne étant donnée de se taire, il n'obtint aucune réponse et, en face de ce mutisme persistant qui l'exaspérait, il lui fallut un grand effort de volonté pour maîtriser sa colère.

Vers neuf heures on lui apporta des aliments auxquels il ne toucha pas.

Deux heures plus tard la porte s'ouvrit de nouveau, et le gardien reparut escorté de deux soldats de la garde de Paris qui, personne ne l'ignore, est chargée du service des prisons.

— Que me voulez-vous? — demanda le Russe.

— On vient vous chercher pour vous conduire chez le juge d'instruction.

— Ah! enfin!! — s'écria le jeune homme. — Je suis prêt...

Et il s'élança vers la porte de sortie.

Le gardien l'arrêta du geste et lui dit avec un gros rire :

— Un instant donc!... — Ne soyez pas si

8.

pressé... — Il y a une petite formalité à remplir d'abord...

En même temps il secouait d'un air goguenard une fine chaînette d'acier qu'il tenait à la main.

Le Russe regardait sans comprendre.

— Une formalité?... — murmura-t-il.

— Parbleu...

— Laquelle?

— Celle de vous *ligotter*, donc... autrement dit, de vous mettre les menottes.

Yvan pâlit et fit un pas en arrière.

— Me mettre les menottes!! — répéta-t-il d'une voix altérée. — Mais pour qui me prend-on ici?... Oh! jamais!... jamais!...

— Allons... allons... ne faisons pas de manières... — dit sèchement le gardien! — Il ne s'agit point de raisonner, mais d'obéir... — Je ne connais que les ordres qu'on me donne... — Je mettrais les menottes à mon propre père, si c'était la consigne... Je vous les mettrai donc... si ce n'est de bon gré, ce sera de force... — Tendez vos mains, et plus vite que ça...

Le comte regardait avec effarement son brutal interlocuteur.

Il comprit, comme la veille au soir au moment où

on était venu l'arrêter, que toute lutte étant impossible contre la force matérielle, ou ne pouvait du moins aboutir qu'à une honteuse défaite.

Mieux valait donc céder tout de suite et hâter ainsi la fin d'une situation effroyable.

Sans ajouter un mot, avec un sourire d'écrasant mépris, il tendit ses mains au gardien ; mais, si cuirassé de stoïcisme qu'il voulût être, un frisson mortel secoua son corps de la nuque aux talons quand les chaînons glacés de l'acier touchèrent ses poignets brûlants de fièvre.

L'opération du ligottage ne dura que la dixième partie d'une seconde.

— En route! — commanda l'un des gardes de Paris.

Le comte, que l'un des hommes précédait et que suivait l'autre, longea des couloirs sans fin et gravit les nombreuses marches d'escaliers étroits, avant d'arriver à la galerie sur laquelle donnent les cabinets des juges d'instruction.

La porte d'un de ces cabinets s'ouvrit.

Yvan Smoïloff, poussé par le garde qui marchait derrière lui, en franchit le seuil.

M. de Gibray s'y trouvait déjà, assis derrière le bureau chargé de dossiers et d'objets divers.

Son greffier occupait une petite table près de ce bureau.

Le Russe, en entrant, fit une ébauche de salut en inclinant légèrement la tête et le haut du corps.

Le juge d'instruction embrassa d'un coup d'œil rapide toute la personne de l'inculpé, puis son regard s'arrêta sur le visage de l'homme qu'il croyait un grand criminel, et dont il allait sonder l'âme et deviner les terribles secrets.

Ce visage, très pâle, était indéchiffrable et n'exprimait qu'une froideur voulue, une froideur de marbre ou d'acier.

— Suis-je devant un magistrat, monsieur? — demanda le comte Yvan avec une hautaine politesse.

— Vous êtes devant le magistrat chargé de vous interroger et à qui vous devez répondre... — fit Paul de Gibray.

— Répondre, soit! — reprit le Russe. — Pourquoi ne répondrais-je pas, n'ayant rien à cacher? Mais auparavant je voudrais savoir de quel droit vos policiers ont osé m'arrêter, me jeter en prison, et m'infliger une effroyable honte en m'attachant les mains comme si j'étais un voleur ou un assassin!...

Tandis que parlait Yvan Smoïloff, le juge d'instruction ne le quittait pas des yeux.

Convaincu qu'il avait en face de lui l'infâme auteur du double meurtre du Père-Lachaise et de la rue Ernestine, il était étonné de son sang-froid en même temps que révolté de son cynisme.

— *Mes policiers,* comme vous dites, — répéta-t-il en soulignant à dessein ces deux mots, — ont exécuté les ordres donnés au nom de la vindicte publique par le représentant de la justice et de la loi.

— Ce représentant, quel est-il?

— Moi.

— Eh bien! à vous, monsieur, qui avez donné ces ordres, je me plains de la manière odieuse dont, moi, étranger, je suis traité dans un pays qui passe cependant pour le plus hospitalier qu'il y ait au monde!! — J'ai été, hier au soir, arrêté au milieu de mes amis invités par moi à une réunion intime et joyeuse... — Pour arrêter un gentleman dans de telles conditions, il faut un motif... — Pour le traiter comme un voleur ou comme un assassin, il faut qu'on l'accuse de vol ou d'assassinat... — De quoi m'accuse-t-on?...

M. de Gibray pensait :

— En vérité, c'est prodigieux! — Les rôles sont

intervertis... — Le misérable, au lieu de courber la tête, interroge, et ce serait à moi de répondre ! — Quelle audace !

En même temps l'indignation et le mépris se peignaient sur son visage.

. Cette double expression n'échappa point au regard intelligent d'Yvan Smoïloff, qui se sentit plus effrayé qu'il ne l'avait été jusqu'alors.

— C'est donc bien grave ?... — murmura-t-il. — Est-ce que véritablement, monsieur, vous me prenez pour un malfaiteur ?

## XLVIII

Paul de Gibray voulut frapper un grand coup.

Mettant de côté volontairement les préliminaires habituels d'une instruction, il regarda le Russe bien en face et lui demanda :

— Qu'avez-vous fait le 20 de ce mois, c'est-à-dire il y a trois jours, à partir de trois heures de l'après-midi jusqu'à deux heures du matin.

— Monsieur le juge, — répliqua froidement le comte Yvan, — vous n'obtiendrez pas un mot de moi avant de m'avoir dit de quel crime on m'accuse.

— C'est à moi d'interroger... c'est à vous de répondre...

— Soit ! — Vous pouvez refuser de m'apprendre

ce que je veux savoir, mais vous ne pouvez me con-
traindre à rompre le silence...

— Ce misérable a une volonté de fer! — pensa le
juge d'instruction. — Il se taira, si je ne lui cède...
— Mieux vaut en finir....

Puis, tout haut :

— Vous êtes inculpé du crime d'assassinat...

Une immense stupeur se peignit sur le visage
bouleversé du comte.

— D'assassinat? — s'écria-t-il; — je suis accusé
d'assassinat, moi ! ! — Allons, vous ne parlez pas
sérieusement, monsieur!! — Une telle accusation
serait grotesque si elle n'était monstrueuse...

— Respectez la justice, monsieur! — fit impé-
rieusement Paul de Gibray.

— La justice qui s'égare à ce point n'est plus la
justice ! — répondit le Russe. — Et, qui ai-je assassiné, s'il vous plaît? — poursuivit-il.

— Deux personnes... — Un homme et une
femme...

— Deux personnes!... — répéta le comte avec
un rire nerveux. — En vérité, monsieur, cela devient à tel point bouffon que je me demande si je
suis en ce moment devant un juge ou devant un
fou...

M. de Gibray eut peine à contenir un geste de colère.

— Prenez garde ! — dit-il d'une voix altérée. — Toute patience a des bornes et vous abusez étrangement de la mienne... — Ni comme magistrat, ni comme homme, je ne dois plus longtemps supporter vos insolences... — Changez de ton et, si vous vous prétendez innocent, essayez de me démontrer votre innocence, sinon je vous ferai reconduire en prison et j'attendrai, pour vous interroger de nouveau, que vous soyez redevenu calme... — Dans votre intérêt même changez de ton, je vous le conseille...

Yvan Smoïloff comprit qu'il n'existait pour lui qu'un seul moyen de sortir de la situation effroyablement critique où la fatalité l'avait mis. — C'était de se soumettre aux exigences de cette situation.

En conséquence il fit un violent effort sur lui-même, il imposa silence à son orgueil et il dit :

— Interrogez-moi donc, monsieur, je répondrai...

— Comment vous appelez-vous ?...

— Yvan-Nicolas, comte Smoïloff...

— Quelle est votre nationalité ?

— Je suis sujet russe...

— Où êtes-vous né?

— A Saint-Pétersbourg.

— Quel est votre âge ?

— Vingt-cinq ans...

— Avez-vous encore votre père et votre mère?

En entendant cette question, le jeune homme sentit un léger frisson courir sur sa chair.

Ses yeux devinrent humides.

Il fallut un nouvel effort de sa volonté pour arrêter au bord de ses paupières les larmes prêtes à s'en échapper.

— Mon père et ma mère sont morts... — murmura-t-il d'une voix sourde.

— Où se trouve votre résidence habituelle ?

— A Saint-Pétersbourg.

— Depuis combien de temps êtes-vous à Paris?

— Depuis neuf jours ?

— Où êtes-vous descendu ?

— Au Grand-Hôtel.

— Arriviez-vous directement de Russie ?

— Non, mais de Londres où j'ai passé quinze jours en venant d'Anvers. — J'avais voyagé précédemment pendant quelques semaines en Suisse et en Italie...

— Aviez-vous un passeport?

— Oui.

— Comment se fait-il qu'on ne l'ait trouvé ni dans votre portefeuille, ni dans vos malles ?

— Il est à l'ambassade russe...

— Dans quel but voyagiez-vous ?

— Pour mon plaisir...

— Vous êtes riche ?

— Oui, monsieur...

— Très riche ?

— Assez pour pouvoir satisfaire tous mes goûts et même tous mes caprices...

— D'où vous vient cette fortune ?

— De l'héritage de mes parents.

— Avez-vous droit au titre de comte que vous portez ?

— Oui, monsieur.

— Vous prétendez appartenir à l'ancienne noblesse russe ?

— Ma famille est noble depuis des siècles.

— Avez-vous des amis à Paris ?...

— Cela dépend de ce que vous entendez par le mot *amis*. — Voulez-vous parler des personnes avec lesquelles je me trouvais au moment de mon arrestation ? — Dans ce cas je vous répondrai : Non.

— Ces personnes ne sont point pour moi des amis, mais de simples et récentes connaissances, à l'exception d'une seule...

— Quelle est cette personne ?

— Le vicomte Guy d'Arfeuilles... un parfait gentleman, avec lequel j'ai eu trois ou quatre fois l'occasion de me rencontrer à l'étranger... Il m'inspire la plus vive sympathie, la plus haute estime, et j'ai la conviction qu'il éprouve pour moi des sentiments pareils.

— Le vicomte Guy d'Arfeuilles est un Parisien ?...

— Oui, monsieur.

— C'est à l'étranger, dites-vous, que vous l'avez connu... — N'étiez-vous donc jamais venu à Paris ?

— Si, monsieur... — J'y avais été amené par ma famille, mais à une époque lointaine dont je ne puis conserver aucun souvenir... — il y a vingt-deux ans... — j'en avais trois...

— Je reviens à ma première question : — Qu'avez-vous fait dans l'après-midi et dans la soirée du 20 de ce mois ?

Le comte Yvan interrogea sa mémoire pendant quelques secondes et répondit :

— Autant que je puis me le rappeler, monsieur,

je suis sorti vers onze heures du Grand-Hôtel pour aller déjeuner avec M. d'Arfeuilles qui m'avait invité... En le quittant, je me promenai dans Paris, je dînai dans un restaurant des boulevards, puis j'allai au spectacle... aux Variétés...

— Après avoir quitté M. d'Arfeuilles, vous êtes-vous trouvé seul?

— Oui, monsieur...

— Jusqu'au soir?

— Jusqu'au soir, oui, monsieur...

— Quel a été le but de votre promenade solitaire?...

— Je n'avais aucun but... Je flânais, comme on dit à Paris, fumant des cigarettes et regardant les étalages des boutiques...

— C'est à cela que vous avez passé tout votre temps?...

— Il me semble que oui.

— Vous mentez! — dit sèchement le juge d'instruction...

— Monsieur!! — s'écria le Russe, oubliant sous l'injure son rôle de prévenu.

— Vous mentez! — répéta Paul de Gibray. — Dans l'emploi de votre temps une seule chose est importante, et vous essayez de la cacher!!

— Non, monsieur, — murmura le comte Yvan redevenu calme; — si j'omets quelque détail, c'est que ma mémoire est en défaut.

Paul de Gibray haussa les épaules.

— Espérez-vous m'en imposer? — demanda-t-il. — Vous êtes allé au cimetière du Père-Lachaise... Osez-vous le nier?

Yvan Smoïloff tressaillit violemment et attacha un regard chargé d'angoisse sur le juge d'instruction.

Ce dernier reprit :

— Niez-vous?

— Non, monsieur... je n'ai aucun motif pour cacher mes actions. — Je suis allé au Père-Lachaise...

— Quel motif vous y conduisait?...

— Eh ! monsieur, le cimetière en question passe avec raison pour un des endroits les plus curieux de Paris... — Je suis étranger, par conséquent désireux de tout connaître... j'allais le visiter par curiosité...

— Vous me trompez, et je vais vous dire, moi, ce que vous alliez faire. — Après avoir acheté une couronne d'immortelles, rue de la Roquette, chez un marchand d'objets de deuil, vous êtes allé droit à un tombeau où vous avez pénétré... — Est-ce vrai ?

— C'est vrai.

— Dans ce tombeau vous aviez donné rendez-vous à une femme...

— Cela, je le nie... — dit vivement le comte.

— La malheureuse est venue, — poursuivit le juge d'instruction, — et vous l'avez assassinée.

Yvan Smoïloff écoutait avec une terreur indicible M. de Gibray.

Quand ce dernier l'accusa d'avoir frappé mortellement une femme dans un tombeau, tout son corps se mit à trembler. Il leva vers le ciel, comme pour le prendre à témoin de son innocence, ses mains liées par la chaînette d'acier, et une rauque exclamation s'échappa de ses lèvres.

— Dieu puissant!! — balbutia-t-il. — Ai-je bien entendu? Ai-je bien compris?... — Vous m'accusez d'avoir commis un assassinat dans le tombeau de la famille Kourawieff!!

Un éclair de joie s'alluma sous les paupières du juge d'instruction.

L'inculpé, selon lui, venait de se trahir.

— Ah! — dit-il avec l'accent du triomphe, — vous saviez que ce tombeau était celui de la famille

Kourawieff?... — Ceci équivaut à un aveu complet,
vous me semblez trop intelligent pour ne le point
comprendre... — Finissons-en donc, puisque nier
plus longtemps ne saurait désormais vous être
utile... — Reconnaissez-vous avoir attiré une femme
dans le tombeau Kourawieff? — Avouez-vous le
meurtre commis sur la personne de cette femme?

## XLIX

— Avouer ! — répéta le comte Yvan dont le visage était décomposé et les yeux hagards, — avouer que j'ai commis un meurtre... le meurtre d'une femme !... Mais je nie de toutes mes forces, et mon être entier se révolte contre une telle accusation ! !

» Oui, je suis allé au cimetière du Père-Lachaise...

» Oui, je suis entré dans le tombeau de la famille Kourawieff...

— Vous en aviez la clef ? — interrompit le juge d'instruction.

— J'en avais la clef et vous avez dû trouver cette clef dans mon portefeuille que je vois sur votre bureau, mais je n'y ai rencontré personne, je l'af-

9.

firme, je le jure, et je me demande comment on s'y est introduit, dans quel but, et quelle était la femme assassinée...

» J'ignore tout cela, monsieur, et cependant vous m'avez fait arrêter, me déshonorant publiquement, et vous prétendez me rendre responsable d'un crime incompréhensible pour moi !

» En vain je cherche à m'expliquer ce qui m'arrive... En vain je mets mon esprit à la torture... — Je ne trouve rien...

» Je suis le jouet d'un mauvais rêve ou la victime d'une épouvantable méprise...

» Si le rêve ou la méprise devaient se prolonger, je deviendrais fou... il me semble déjà que ma raison s'égare...

Paul de Gibray écoutait et regardait le comte Yvan avec curiosité, comme on écoute et comme on regarde un grand comédien.

Il laissa s'écouler un intervalle de quelques secondes après les derniers mots prononcés par le Russe, puis il demanda :

— Qu'alliez-vous faire au tombeau Kourawieff?

— J'allais y déposer la couronne d'immortelles achetée un peu auparavant chez le marchand de la rue de la Roquette.

— Mais il n'y a personne enterré dans le caveau...
— La tombe est vide...

— Je l'ignorais... — murmura, non sans embarras, Yvan Smoïloff.

— Faites-vous partie, soit directement, soit par alliance, de la famille Kourawieff?

— Non... — répondit vivement le jeune homme.

— Alors votre explication ne se tient pas debout... — Comment voulez-vous que je puisse vous croire?... — Vous alliez, dites-vous, porter une couronne dans le tombeau et vous ignorez que personne n'y repose... Vous n'appartenez ni de près ni de loin à la famille Kourawieff, et vous avez une clef du monument de cette famille, et vous prétendez en franchir le seuil pour y porter un souvenir de deuil... — Voyons, soyons logiques... Si vous êtes innocent je vais vous donner le moyen de prouver votre innocence : — Dites-moi qui vous a remis cette clef... — Dites-moi qui vous a chargé de porter une couronne dans ce tombeau...

— Je ne puis répondre que ceci : — On a trouvé une femme assassinée... Je ne suis point l'assassin de cette femme et je ne la connaissais pas... — Je n'ai appris le crime que le lendemain soir du jour où il a été commis, et je l'ai appris comme tout le monde, par les journaux...

Paul de Gibray fit un geste d'impatience.

— Soyez-donc d'accord avec vous-même !! — s'écria-t-il. — Vous avouez avoir pénétré dans le tombeau et vous niez y avoir vu un cadavre !

— Oui, je le nie... — J'arrivais au Père-Lachaise à trois heures et j'en partais à trois heures et demie.

— Qu'alliez-vous y faire ?

— Je vous ai déjà répondu.

— Et j'ai fait ressortir le vide et l'incohérence de vos réponses... — répliqua le juge d'instruction... — A coup sûr vous agissiez sous une influence étrangère... — Quelle était cette influence ? — Pourquoi possédiez-vous une clef du tombeau ? — Quel motif vous y faisait porter une couronne d'immortelles ?

— Cela ne regarde que moi...

Cette phrase fut prononcée d'un ton sec qui fit dresser l'oreille au juge d'instruction.

— Je ne m'étais pas trompé... — pensa-t-il. — Mes premières suppositions étaient bien fondées... — Il y a là un secret de famille...

Il ajouta tout haut, en s'adressant au Russe :

— Cela regarde aussi la justice, qui ne tardera
guère à savoir tout ce que vous avez intérêt à lui
cacher... soyez-en convaincu...

— Peut-être... — murmura le Russe.

— Dès à présent la vérité s'impose... — poursuivit Paul de Gibray. — Vous avez frappé cette
femme comme vous avez frappé, rue Montorgueil,
l'homme que vous êtes allé attendre au chemin de
fer !...

— Ah ! — s'écria le comte avec une poignante
ironie, — j'ai assassiné aussi celui-là !

— Niez-vous que vous soyez allé attendre quelqu'un à la gare du Nord ?

— Je ne le nie point, car le fait est vrai... — Je
suis allé recevoir un de mes amis arrivant de
Londres...

— Qu'avez-vous fait de cet ami ?

— Il devait quitter Paris le lendemain matin, de
très bonne heure, pour se rendre en Suisse... —
Je l'ai accompagné jusqu'à un hôtel voisin du chemin de fer de Lyon...

— Le nom de cet hôtel ?

— Je l'ignore.

— A quelle heure avez-vous quitté votre ami ?

— Il pouvait être deux heures du matin...

— Cet ami était-il un de vos compatriotes?

— Oui.

— Il s'appelle?

— Le comte Serge Nicolaïeff.

— Vous prétendez qu'il allait en Suisse?

— Sans doute.

— En quel endroit?

— A Genève.

— Vous a-t-il dit s'il y resterait longtemps?

— Quinze jours environ.

— A quel hôtel devait-il descendre?

— A l'hôtel Beau-Rivage.

— Je vais envoyer une dépêche au parquet de Genève et je saurai bien vite ce qu'il y a de vrai dans vos affirmations, mais auparavant expliquez-moi, je vous prie, comment il peut se faire qu'ayant quitté votre ami à deux heures du matin près de la gare de Lyon, vous vous soyez trouvé juste à la même heure rue Montorgueil, dans un hôtel où vous avez adressé plusieurs questions au garçon de service...

— Je ne vous expliquerai point une chose inexplicable, — répondit le comte Yvan; — ceux qui prétendent m'avoir vu rue Montorgueil vous ont trompé...

— Dans quel intérêt ?

— Ou bien ils se sont trompés eux-mêmes.

— Allez-vous invoquer une ressemblance ? — demanda Paul de Gibray avec ironie.

— Je ne vais rien invoquer du tout... — Le fait que vous avancez est faux, archifaux, et je le nie... — Du reste, envoyez un télégramme au comte Serge Nicolaïeff, à l'hôtel Beau-Rivage, à Genève, et vous aurez la preuve que je n'ai pas menti...

— Preuve que mon devoir sera de n'accueillir que sous bénéfice d'inventaire... — Ce Russe peut être un complice d'accord avec vous pour vous fournir un alibi... — J'en aurai cependant le cœur net, et je vous répète que j'enverrai une dépêche, non point au comte, mais au parquet...

— Me permettez-vous, monsieur, de vous adresser une question ?

— Sans doute, — fit le juge d'instruction avec condescendance ; — mais je ne prends en aucune façon l'engagement d'y répondre.

— Vous paraissez me croire coupable d'un double assassinat que ma position sociale rend bien invraisemblable... — dit le jeune Russe. — Pour m'accuser ainsi, les raisons mises en avant par vous jusqu'à ce moment sont évidemment insuffisantes... — Vous devez en avoir d'autres... — De plus sérieuses... — Quelles sont-elles ?

— Les dépositions des témoins qui vous ont vu et qui n'hésiteront pas à vous reconnaître...

— Permettez-moi d'en douter, monsieur... — Ils ne me reconnaîtront pas, à moins qu'ils ne s'abusent ou qu'ils ne veuillent vous abuser.

M. de Gibray frappa sur un timbre.

Un employé entra aussitôt.

Le juge d'instruction lui parla tout bas.

L'employé répondit par un signe affirmatif et sortit en emportant un carré de papier sur lequel le magistrat venait d'écrire un nom.

Depuis le commencement de l'interrogatoire Yvan Smoïloff était assis.

— Levez-vous... — lui commanda Paul de Gibray.

Le jeune homme obéit aussitôt et se tint debout, le visage en pleine lumière.

La porte se rouvrit et l'employé parut de nouveau, faisant passer devant lui l'un des témoins convoqués.

Ce témoin était Barré, surnommé Cadet, le cocher de la rue Ernestine.

Un peu ému de se trouver dans le cabinet d'un

juge d'instruction, Cadet malaxait et déformait dans ses mains, sans en avoir conscience, son chapeau de cuir bouilli.

Sa bonne et large figure était encore plus colorée que de coutume, car son émotion lui faisait violemment monter le sang aux joues.

Paul de Gibray ne lui laissa pas même le temps de saluer et lui dit, en désignant du geste le jeune Russe :

— Regardez bien monsieur... Le reconnaissez-vous ?

Cadet tourna la tête vers le comte Yvan.

Pendant près d'une minute il l'examina avec la plus grande attention, puis il s'écria tout à coup :

— Si je reconnais monsieur !... Je le crois parbleu bien ! — C'est le particulier au pince-nez, aux cheveux filasse et aux favoris couleur de paille !... — C'est lui qui m'a pris avenue de Saint-Mandé, qui m'a fait le conduire au chemin de fer du Nord où il attendait un ami et d'où nous avons filé rue Montorgueil... C'est lui qui, dans ladite rue et à la porte d'un hôtel meublé, m'a donné une pièce de quarante francs dont je suis allé lui chercher la monnaie... — Oui, foi de Cadet, c'est lui ! c'est parfaitement lui !

— Qu'avez-vous à répondre ? — demanda le juge d'instruction au jeune Russe.

Yvan Smoïloff, dont le visage livide ressemblait à celui d'un homme foudroyé, répliqua :

— J'ai à répondre, monsieur, que ce cocher me paraît de bonne foi, mais qu'il se trompe... — Il y a ici une méprise, et je suis arrêté pour le crime d'un autre...

L

Nos lecteurs savent déjà que le comte Yvan, tout en parlant le français avec une grande facilité et une correction absolue, conservait d'une façon très prononcée l'accent des races du Nord.

Cet accent frappa le cocher Cadet qui s'écria :

— Non seulement c'est sa figure et sa tournure, monsieur le juge, mais c'est sa voix ! — Rien qu'à l'entendre parler, je l'aurais reconnu tout de suite...

— Niez-vous encore ? — fit M. de Gibray.

— Pardieu ! je le crois bien que je nie toujours ! — répondit le Russe.

— Ah ! par exemple ! — s'écria Cadet dans son

langage brutal, — il peut se vanter d'avoir un fameux toupet, celui-là !

— Vous pouvez vous retirer, — dit le juge d'instruction au cocher.

Un second témoin lui succéda.

C'était l'employé du chemin de fer du Nord.

Sans hésiter il déclara qu'il avait vu, dans les circonstances que nous connaissons, l'homme qu'on lui présentait.

Trois personnes furent introduites l'une après l'autre.

Toutes attestèrent avoir vu l'inculpé pendant la nuit du 20 au 21 décembre, soit à l'avenue de Saint-Mandé, soit au chemin de fer, soit à l'hôtel de la rue Montorgueil.

La déclaration du garçon de cet hôtel fut particulièrement écrasante.

Le comte Yvan se demandait s'il ne se trouvait point sous l'obsession d'un rêve effroyable et s'il n'allait pas s'éveiller.

— A quoi vous servira de nier plus longtemps ? — lui dit Paul de Gibray. — Toutes les personnes qui ont eu affaire à vous pendant la nuit du double crime vous reconnaissent du premier coup d'œil...

— Tout vous accuse... tout vous condamne...

— Tout m'accuse, j'en conviens... — répliqua le Russe. — Mais les apparences sont fausses et les accusations menteuses... — Je ne suis point encore condamné... La lumière se fera...

— Il dépend de vous de la faire tout de suite...

— Et, comment ?

— En m'expliquant votre visite au tombeau de la famille Kourawieff...

— Je n'ai rien à expliquer... — Je vous le répète...

Les yeux du juge d'instruction rencontrèrent le portefeuille, la montre et le porte monnaie placés devant lui sur son bureau.

— Vous prétendez vous appeler le comte Yvan Smoïloff ? — demanda-t-il.

— Je le prétends, parce que c'est vrai, — s'écria le jeune homme.

— Soit, mais alors apprenez-moi pourquoi, sur les objets que voici et sous la couronne comtale, se trouvent les trois initiales Y. S. K. — La première est celle du prénom, *Yvan*... la seconde, celle du nom, *Smoïloff*... Que signifie la troisième ?...

Le Russe garda le silence.

— Vous refusez de répondre ?... — fit le juge d'instruction.

— Oui.

— Donc vous avez quelque chose de grave à cacher, puisque vous vous entourez de mystère...

— Votre obstination à vous taire équivaut à l'aveu de votre double crime... Ne le comprenez-vous pas?

— Mon double crime!... — répéta le comte avec amertume. — Puisque vous admettez que je l'aie commis, monsieur le juge, apprenez-moi donc quel en aurait été le mobile...

— La suite de l'instruction révélera ce mobile.

— J'en doute.

— Et, moi, j'en ai la certitude... — On va vous lire votre interrogatoire et vous le signerez...

La lecture faite, la signature donnée, Paul de Gibray fit un signe au garde de Paris.

Ce signe équivalait à l'ordre de reconduire l'inculpé dans sa cellule, et cet ordre allait être exécuté quand le commissaire aux délégations parut, suivi d'un employé du parquet, et dit tout bas quelques mots à l'oreille du juge d'instruction qui tressaillit et regarda le comte avec une indicible expression d'étonnement.

— Faites entrer les deux personnes qui sont dans la galerie... — commanda-t-il à l'employé.

Celui-ci sortit et revint aussitôt, annonçant le prince Wladimir Pouckine, premier secrétaire de

l'ambassade de Russie, et le vicomte Guy d'Arfeuilles.

En entendant ces noms Yvan Smoïloff, de
livide qu'il était devint pourpre ; une flamme brilla
dans ses yeux.

Paul de Gibray s'était levé pour accueillir les
nouveaux venus.

Le prince Pouckine et le vicomte d'Arfeuilles
entrèrent.

Nous connaissons l'un et nous allons en quelques mots esquisser un rapide croquis de l'autre.

Le premier secrétaire d'ambassade était un
homme de cinquante-cinq ans environ, de taille
haute et svelte, type accompli du grand seigneur
russe.

De longs favoris presque blancs encadraient sa
figure aux traits réguliers, exprimant à la fois l'orgueil de race, la bienveillance et la loyauté.

Le prince portait au revers gauche de son par-
dessus une large rosette où tous les *ordres* impor-
tants de l'Europe unissaient leurs couleurs.

Aussitôt après avoir franchi le seuil et salué le
juge d'instruction, il tendit la main au comte Yvan,
que Guy d'Arfeuilles avait embrassé déjà et que les
larmes aveuglaient, et il lui dit :

— Point d'émotion intempestive, mon cher enfant... Soyez calme... l'erreur incompréhensible dont vous êtes victime va bientôt cesser...

— Prince, — demanda Paul de Gibray, — dois-je supposer que votre visite est motivée par l'arrestation de ce jeune homme?...

Il désignait Yvan.

— Oui, monsieur, — répondit le secrétaire d'ambassade, — et je vous prierai de m'accorder, avant tout, une grâce...

— Laquelle, prince?

— Celle de faire enlever les menottes à mon compatriote et ami le comte Smoïloff.

— Il sera fait droit à l'instant même à votre requête.

Un simple coup d'œil du juge d'instruction fut compris du garde de Paris qui débarrassa en un tour de main les poignets du jeune homme.

Pendant ce temps Paul de Gibray avait fait asseoir les visiteurs et le commissaire aux délégations.

— Monsieur le juge d'instruction, — dit alors le prince Pouckine, — j'ai appris tout à l'heure par M. le vicomte d'Arfeuilles l'arrestation du comte Yvan, le fils d'un de mes plus vieux amis, et

j'accours... — Je ne sais pas ce dont il s'agit...
J'ignore de quoi le comte est accusé, mais je
viens vous dire, moi, dont vous connaissez la position sociale et la situation officielle, que je réponds
d'Yvan Smoïloff corps pour corps, honneur pour
honneur, et que je demande de le mettre en liberté
provisoire sous ma caution personnelle...

— Et sous la mienne... — ajouta le vicomte d'Arfeuilles.

Paul de Gibray fronça les sourcils.

Une expression de notable embarras se peignit
sur son visage.

La demande du grand seigneur russe et celle du
gentleman parisien le mettaient dans une situation fausse. — Il ne voulait point désobliger ses
visiteurs, et néanmoins ses convictions persis-
tantes ne lui permettaient pas de leur céder.

— Prince, — dit-il — je dois avant tout vous
faire connaître quelles sont les charges qui pèsent
sur votre compatriote...

— Parlez, monsieur...

— Yvan Smoïloff est accusé d'un double meurtre...

— Un double meurtre ! ! — s'écrièrent à la fois
le Russe et le Français.

— Oui, — poursuivit le juge d'instruction, — et les présomptions de culpabilité ne semblent point laisser place au doute...

— Des présomptions ! ! — répéta le secrétaire d'ambassade, en voyant un faible sourire serrer sur les lèvres du comte Yvan. — Eh ! monsieur, vous le savez aussi bien que moi, souvent les présomptions, sérieuses en apparence, n'ont aucune valeur en réalité... — Si les apparences semblent accuser mon jeune ami, les apparences sont menteuses... — Yvan Smoïloff est arrêté pour le crime d'un autre...

— Je l'ai dit à monsieur, presque dans les mêmes termes... — fit le jeune Russe avec le plus grand calme.

— Je vous ai demandé les preuves de votre innocence, — répliqua Paul de Gibray ; — il ne tenait qu'à vous de me les donner... Vous avez refusé de le faire, vous bornant à des dénégations que rien n'appuyait...

Le prince Pouckine intervint.

— Monsieur le juge d'instruction, — dit-il, — je vous serai reconnaissant si vous voulez bien me mettre au courant de l'affaire, et je me charge de faire comprendre à mon jeune ami que, s'il peut vous donner des éclaircissements, il est de son devoir de le faire.

Paul de Gibray, seul maître dans son cabinet comme le capitaine sur son navire, aurait eu le droit de refuser d'acquiescer à cette demande.

Il s'en garda bien et s'empressa de raconter brièvement ce que l'instruction savait du double crime commis pendant la nuit du 20 au 21 décembre.

Le prince écouta ce récit avec une stupeur pleine d'épouvante.

— Et, — s'écria-t-il ensuite, — et c'est le comte Yvan que vous accusez d'avoir assassiné une femme au cimetière du Père-Lachaise et un homme rue Montorgueil ! !

— Ce n'est pas moi qui accuse, prince, ce sont les faits ! ! — Ce n'est pas moi qui parle, c'est l'évidence ! ! — Le comte Yvan se trouvait au Père-Lachaise, dans le tombeau de la famille Kourawieff, pour un guet-apens, puisqu'il cache le motif qui l'y conduisait...

— Ce motif, il a refusé de vous l'apprendre ?....

— Formellement et à plusieurs reprises...

— Mais c'est de la folie, et je vais...

— Prince... de grâce... — interrompit le comte

Yvan en tendant vers le diplomate des mains sup-
pliantes, — il s'agit d'un secret de famille... son-
gez-y...

— Eh ! cher enfant, en présence de l'accusation
formulée contre vous, qu'importe ce secret ?... —
Vous devez dire la vérité, la vérité tout entière...
— Une vague ressemblance avec un misérable
assassin explique l'erreur des témoins qui déposent
contre vous... — Pour des yeux prévenus, les
apparences vous accusent, il est impossible de le
nier... — Détruisez ces apparences... — Faites la
lumière... — Permettez-moi de révéler à la justice
votre nom véritable, les raisons de votre présence
à Paris, et surtout le motif de votre visite à ce
tombeau du Père-Lachaise où un crime a été commis... — Puis-je parler ?...

## LI

Le visage du comte Yvan exprimait l'émotion la plus profonde.

Ses yeux étaient humides ; ses mains et ses lèvres tremblaient.

— Puis-je parler ? — répéta le secrétaire d'ambassade.

Après un instant de réflexion, le jeune Russe murmura :

— Parlez, prince, puisqu'il le faut... Mais je prierai monsieur le juge d'instruction de permettre qu'aucun subalterne n'entende ce que vous allez dire.

Paul de Gibray fit un geste d'assentiment.

10.

Le greffier et le garde de Paris se retirèrent aussitôt.

— Monsieur, — commença le prince Pouckine en s'adressant au magistrat après leur départ, — pour justifier à vos yeux mon compatriote, mon ami, que vous avez cru coupable, il suffira de prononcer son nom... — Vous comprendrez tout quand vous saurez qu'il ne s'appelle pas seulement Yvan Smoïloff, mais Yvan Smoïloff, comte Kourawieff.

— Le comte Kourawieff !... — s'écria Paul de Gibray.

— Oui, monsieur... le dernier de sa race... Dans l'après-midi du 20 décembre, le comte Yvan s'est en effet rendu au Père-Lachaise... Il allait au tombeau de sa famille... — Son père, mon vieil ami, m'en avait confié la clef quelque temps avant sa mort, en me faisant promettre que j'irais chaque année y porter une couronne au jour anniversaire de la mort de la comtesse... — Cette année le comte Yvan, se trouvant à Paris, m'a demandé cette clef; il voulait placer lui-même une couronne d'immortelles dans la tombe où jadis a reposé sa mère...

Le jeune Russe avait la tête baissée sur sa poitrine.

Un sanglot s'échappa de ses lèvres et des larmes coulèrent de ses yeux.

Paul de Gibray paraissait stupéfié.

Le prince poursuivit :

— La comtesse Kourawieff, je dois vous le dire, est morte assassinée dans des circonstances que vous ignorez peut-être, mais que le vieux comte Kourawieff ne pouvait manquer d'apprendre à son fils...

— Circonstances dont j'ai conservé le souvenir, moi... — fit le commissaire aux délégations. — A cette époque j'étais déjà commissaire de police...

— Pourquoi, monsieur, m'avoir caché cela ? — demanda le juge d'instruction au comte Yvan. — Pourquoi cette obstination à vous taire quand, à plusieurs reprises, je vous ai demandé l'explication de votre présence au tombeau Kourawieff ?... — Un motif sacré vous y conduisait, et ce motif, joint au nom que vous portez, établissait en votre faveur de grandes présomptions d'innocence... — Votre silence, au contraire, constituait à lui seul une charge accablante... — Il fallait parler...

— Le comte Yvan croyait devoir se taire, — répliqua le diplomate.

— Pourquoi ?

— Parce qu'il tenait à conserver à Paris le plus
strict incognito... — Pour des motifs que je vais
vous expliquer, la révélation de son vrai nom
ne pourrait manquer d'attirer sur lui de très
sérieux dangers...

— Des dangers ? — répéta Paul de Gibray sans
cacher sa surprise.

— Oui, monsieur...

— De quelle nature ?

— De la nature la plus grave... sa vie serait
menacée.

— Comment et par qui ?

— Je vais vous le dire... — Il y a vingt-trois ans
le comte Kourawieff, la comtesse et leur fils, alors
tout enfant, habitaient à Paris un vaste hôtel de la
rue Saint-Dominique...

» Le comte avait pour valet de chambre, depuis
peu de temps, un nommé Pierre Lartigues, qu'un
grand seigneur de ses amis lui avait recommandé
chaudement.

» Ce Lartigues assassina la comtesse, selon le
bruit public afin de lui voler des bijoux représentant une valeur de plusieurs centaines de mille
francs, et prit la fuite après avoir compromis
volontairement, par de fausses apparences, une

pauvre jeune fille qui se trouvait au service de madame Kourawieff, et dont il avait fait sa maîtresse.

» Ce misérable ne put être repris ; on le condamna par contumace à la peine de mort...

» L'innocence de la jeune fille fut prouvée de façon indiscutable. — Un acquittement lui rendit la liberté.

» Cette affaire fit à l'époque énormément de bruit et souleva les controverses les plus passionnées...

» Des ennemis du comte osèrent l'accuser un moment d'avoir lui-même tué la comtesse pour devenir veuf et pouvoir se remarier...

» Heureusement les dépositions de la femme de chambre, Aimée Joubert, et les indices fournis par elle, ne laissèrent rien subsister de ces monstrueuses calomnies, et mon vieil ami ne fut point inquiété !...

— Nous connaissons Aimée Joubert, — interrompit M. de Gibray, — et nous avons la certitude qu'elle est une honnête femme, incapable d'une mauvaise action, à plus forte raison d'un crime.

Le secrétaire d'ambassade continua :

— Le comte Dimitri Kourawieff retrouva plus

tard Aimée Joubert dans des circonstances étran-
ges... — Il apprit en même temps que Pierre Lartigues n'avait été que l'instrument docile d'un
criminel haut placé.

» Le grand seigneur, grâce à la recommandation
duquel il était entré chez le comte, éprouvait pour
la comtesse une violente passion...

» Repoussé par cette sainte femme avec indignation et mépris, son amour devint de la haine, une
de ces haines farouches qui ne reculent devant rien.

» Il paya Pierre Lartigues pour commettre le
crime, et il prépara sa fuite, par conséquent son
impunité, après le crime commis...

— La justice n'a rien su de tout cela ! ! — s'écria
le juge d'instruction.

— C'est cependant la vérité... — répliqua le
prince Pouckine. — Les preuves de ces choses
inouïes tombèrent aux mains du comte Kourawieff dans des circonstances bizarres, je vous le
répète... — Ces preuves consistaient en lettres
écrites à Lartigues par le grand seigneur... — Le
comte trouva ces lettres dans le tiroir à secret d'un
meuble curieux du seizième siècle, acheté par lui
en vente publique pendant un voyage qu'il fit à
Bruxelles il y a environ quinze mois.

» L'assassin, poursuivi peut-être pour d'autres crimes, avait caché au fond de ce meuble les lettres précieuses, grâce auxquelles il pouvait opérer un chantage colossal, et n'avait pas réussi à les reprendre.

» Vous comprenez que le retour du comte en Russie fut immédiat.

» Pour la première fois il voyait clair dans le hideux complot ourdi entre deux scélérats, et connaissait le véritable auteur de l'assassinat de sa femme bien-aimée.

» Il allait pouvoir la venger et se venger lui-même...

» Le grand seigneur complice, ou plutôt instigateur de Lartigues, était puissant, mais mon vieil ami, qui n'avait confié qu'à son fils Yvan le secret de sa découverte, croyait que, si puissant qu'il fût, la justice saurait l'atteindre...

» Le lendemain de son arrivée à Saint-Pétersbourg il alla trouver le chef de la police et lui raconta ce qu'il savait de la comtesse.

» Le chef de la police l'écouta et, après l'avoir écouté, voulut voir les lettres.

» Le comte en avait apporté les copies, mais le personnage auquel il s'adressait demanda la remise

des originaux avec une telle insistance que la défiance du comte s'éveilla et qu'il refusa net.

» Il apprit, le soir même, que le chef de la police
était une des créatures du complice de Lartigues,
et il le dit à son fils.

» Pauvre Dimitri Kourawieff!! — Le lendemain
il fut trouvé mort dans son lit, et les médecins
attribuèrent cette mort foudroyante à la rupture
d'un anévrisme, mais le comte Yvan comprit la vérité terrible en ne trouvant plus les lettres dans
l'endroit où il savait que le comte les avait ser-
rées la veille.

» Donc on avait tué le vieillard pour lui voler ces
lettres...

» L'évidence du crime s'imposait, mais nulle
trace, nul indice, ne révélaient de quelle manière
et par qui ce crime avait été commis...

» Le grand seigneur qui jadis, à Paris, avait
commandé l'assassinat de la comtesse Kourawieff,
venait, à Saint-Pétersbourg, de payer le meurtre
du comte...

» Quel parti prendre?...

» Accuser sans l'ombre d'une preuve l'un des
plus hauts personnages de l'État, c'était courir à

un insuccès certain et se faire traiter de vision-
naire, d'insensé, d'imposteur.

» Trop se hâter, c'était tout compromettre, tout
perdre, à jamais peut-être...

» Le comte Yvan se jura de retrouver Lartigues,
d'obtenir de lui par tous les moyens, même par la
violence, de nouveaux écrits qui remplaceraient les
preuves volées, et alors de le livrer à la justice, lui
et son infâme complice.

» Depuis plus d'un an mon jeune ami voyage en
Europe, cherchant la piste de Lartigues.

» Vous comprenez, monsieur, que si le but de
son voyage était deviné, ou seulement soupçonné,
on trouverait sans peine un assassin pour lui. — Il
doit donc laisser dans l'ombre ce nom de Kourawieff qui, joint à son existence nomade, suffirait
à révéler ses projets aux ennemis qui le guettent
sans doute...

» Il voyage avec un passeport délivré sur ma
demande au nom de Smoïloff qui lui appartient lé-
gitimement, mais qui est peu connu, sinon en
Russie, du moins en France.

» Je viens vous prier, monsieur, non seulement
de lui garder le secret, mais de lui procurer un
passeport français qui soit pour lui une sauve-

garde contre le couteau des meurtriers payés...
» Ferez-vous cela?

Le prince Pouckine s'était exprimé avec une animation croissante, avec une chaleur due tout à la
fois à sa vieille affection pour la famille Kourawieff
et à sa haine indignée pour les misérables qui
avaient si cruellement, si lâchement frappé cette
famille.

Il ne parlait plus, et les deux magistrats l'écoutaient encore, captivés par le poignant intérêt de
son récit, et vaguement épouvantés par les péripé-
ties mystérieuses de ce drame effrayant.

— Certes, je vous aiderai volontiers et de tout
mon pouvoir... — répondit Paul de Gibray au secrétaire d'ambassade. — Le comte Yvan Smoïloff,
l'héritier des Kourawieff consacre sa vie à une
cause sainte, et son innocence me paraît démon-
trée... — Cependant, avant de lui dire qu'il est
libre, je dois lui adresser quelques questions encore...

— Parlez, monsieur, — s'écria le jeune Russes
— et je jure de vous répondre comme je répondrai,
à mon père s'il sortait de la tombe pour m'interroger...

— Vous êtes bien allé, dans la nuit du 20 au

21 décembre, vers une heure du matin, attendre
votre ami le comte Nicolaïeff à la gare du Nord?...

— Et je l'ai conduit dans un hôtel voisin du chemin de fer de Lyon.... oui, monsieur...

— Et moi je l'atteste... — dit le prince Pouckine.
— Je sais que Serge Nicolaïeff, allant en Suisse,
n'a fait que traverser Paris...

## LII

Le juge d'instruction reprit :

— Pouvez-vous m'expliquer comment il se fait que des clefs du monument funéraire de votre famille se soient trouvées en des mains étrangères ?

— Non, je ne puis l'expliquer, — répondit le comte Yvan, — et, s'il n'avait fallu pour cela trahir mon incognito, je serais venu signaler le fait à la police française et lui demander le mot de l'énigme... — C'est assez vous dire combien ce fait, incompréhensible selon moi, me préoccupait...

— Il est une chose plus incompréhensible encore...

— Laquelle ?

— Cette ressemblance entre vous et le scélérat
dont nous avons le signalement...

— Est-il prouvé que cette ressemblance existe?...

— Impossible de la nier, puisque tous les témoins vous ont reconnu...

— C'est-à-dire ont cru me reconnaître...

— Votre accent lui-même les a frappés... ils le
déclarent identique à celui de l'assassin...

— Que puis-je répondre à cela? — répliqua le
jeune Russe. — Si la ressemblance existe en effet,
c'est un jeu du hasard et ce jeu s'est produit souvent, à toutes les époques et dans tous les pays...
*Martin Guerre* et *Lesurques* en sont chez vous des
exemples célèbres... — Quant à l'accent identique,
ou soi-disant tel, on n'en pourrait conclure qu'une
seule chose, c'est que l'assassin est étranger
comme moi...

— On pourrait supposer aussi que l'assassin dé-
guisait sa voix, — fit observer le prince Pouckine...
— et que, dans la crainte d'être reconnu, il s'était
composé une figure comme les acteurs qui se gri-
ment avant d'entrer en scène...

— C'est admissible, en effet... — dit Paul de
Gibray.

— Quoi qu'il en soit, — s'écria le comte Yvan en

étendant la main avec une solennité qui n'avait rien de théâtral, — sur la mémoire de ma sainte mère, sur celle de mon vénéré père, assassinés tous deux et que je veux venger, je jure que j'ai dit la vérité, rien que la vérité, et que je suis innocent !... — Le hasard ou la fatalité, — choisissez le nom, — avait accumulé contre moi de fausses apparences qui pouvaient me perdre si de généreux amis n'étaient venus à mon aide... — Je vous ai donné l'emploi de mon temps... — Je conduisais mon ami le comte Nicolaïeff à un hôtel voisin de la gare de Lyon, précisément à l'héure où on commettait le crime rue Montorgueil. — A deux heures et quart du matin je rentrais au Grand-Hôtel, et je me faisais servir à souper en arrivant.

— Je vous crois, monsieur le comte, — dit le juge d'instruction. — Je ne vous cache pas cependant que je serai obligé, dans votre intérêt même, de faire constater la véracité de vos assertions, mais l'enquête aura lieu sans bruit, discrètement, et nul ennui n'en pourra résulter pour vous.

— Merci, monsieur, de vos bons procédés... j'en suis touché et reconnaissant...

— Quelques mots encore...

— Parlez, monsieur...

— Vous êtes, m'avez-vous dit, à la recherche de ce Lartigues condamné par coutumace à la peine de mort comme assassin de la comtesse Kourawieff, votre mère ?...

— Oui, monsieur...

— Comment espérez-vous trouver sa piste ? — Il a certainement changé de nom et, à moins que vous ne le connaissiez de vue...

— Je le connais de vue... — interrompit le comte Yvan.

— Où et quand vous êtes-vous rencontré avec lui, et qui vous l'a désigné ?

— Il y a deux ans je me trouvais en Allemagne en compagnie de mon père qui reconnut le misérable dans une rue de Berlin et me le montra... — Je le regardai pendant quelques secondes attentivement, et depuis lors son visage est resté gravé dans ma mémoire...

— Votre père ne le fit point arrêter ?...

— Il ne pouvait que le signaler à la police, et pour cela il fallait savoir son adresse... Nous le suivîmes jusqu'à la porte d'un hôtel où il entra...

— Quand, une heure après, la police vint l'arrêter à la requête de mon père, il avait disparu.

— Depuis lors vous ne l'avez point rencontré ?...

— Non, monsieur, mais j'ai eu de ses nouvelles...

— Quand?...

— Il y a deux mois.

— Où?

— A Genève. — J'étais descendu à l'*Hôtel de la Couronne*... — On m'apporta le livre des voyageurs... — Je le feuilletai avant de m'inscrire... — Jugez de ma surprise en lisant : *Pierre Lartigues!*...

— Il avait écrit son vrai nom!! — s'écria Paul de Gibray.

— Oui, monsieur.

— C'est bien invraisemblable... — Un tel scélérat n'aurait point commis l'imprudence d'agir ainsi... — Vous deviez vous trouver en présence d'une homonymie...

— Je l'ai cru d'abord, mais je questionnai les gens de l'hôtel au sujet de ce voyageur, et le signalement qui me fut donné était exactement celui de l'homme désigné par mon père, à Berlin, il y a deux ans...

— Mais à Berlin, il ne se faisait point appeler Lartigues ?

— Non, monsieur... — Il s'était fait inscrire sous

le nom de Frantz Muller, comme originaire de la
Suisse allemande... — Il se donnait pour un représentant de commerce, et il avait déposé des papiers parfaitement en règle.

— Évidemment il change de nom dans chaque
pays... — dit le juge d'instruction. — Depuis quand
avait-il quitté l'*Hôtel de la Couronne*?

— Depuis trois jours...

— Où allait-il?

— A Bruxelles... du moins il l'avait déclaré.

— Vous l'avez suivi?

— Oui, et j'ai appris qu'un voyageur venant de
Suisse et se faisant appeler Van Amburger, mais
dont le signalement répondait de point en point à
celui de Lartigues, était descendu trois jours auparavant à l'*Hôtel de Gand* où il n'avait passé
que vingt-quatre heures... — Il était parti sans
rien dire et je perdais sa piste... La seule chose
que je vins à bout de savoir, c'est qu'il venait en
France...

— Où croyez-vous qu'il soit à cette heure?

— A Paris, j'en suis convaincu, et je me suis
juré de le retrouver...

— Hélas! monsieur le comte, — dit le commissaire aux délégations avec un geste d'incrédulité,

11.

— je crains fort que vous n'ayez pris vis-à-vis de
vous-même, un engagement difficile à remplir...
— Comment feriez-vous ce que la police n'a pu
faire à la suite du crime commis sur la comtesse
Kourawieff? — Ce scélérat est un insaisissable
Protée qui change de forme à sa guise et qui glisse
dans les mains au moment où on croit le tenir. —
— Pendant de longues années son ancienne maîtresse, Aimée Joubert, compromise par lui dans
l'assassinat de votre mère, a cherché sa piste... —
A tout prix elle voulait le livrer à la justice pour se
venger de la honte infligée par lui... — Elle a dû
s'avouer vaincue... et cependant elle l'avait suivi
partout, comme le limier suit la proie qu'il veut
saisir... — Une seule fois elle vint à bout de le
joindre, à Édimbourg, en Écosse, et fut au moment
de le faire arrêter en vertu d'un mandat en règle
dont elle était porteur; mais, quand arrivèrent
les agents, ils ne trouvèrent plus personne...

— Ce à quoi Aimée Joubert n'a pas réussi, je le
ferai, moi! — répliqua le comte Yvan. — Je serais
cependant très désireux de voir cette femme pour
obtenir d'elle certains détails.

Le juge d'instruction prit la parole.

— Je puis, monsieur le comte, — dit-il, — vous

ménager une entrevue ici, avec elle... — Je dois la faire appeler...

— Vous! — s'écria le jeune Russe. — Et pourquoi?

— Après ce qui vient de se passer, après l'erreur dont vous avez été victime, il faut bien constater que nous sommes en présence d'une affaire mystérieuse, inextricable, où les plus habiles perdent pied, et nous avons résolu d'appeler à notre aide Aimée Joubert qui, dans la police où on l'avait surnommée l'*Œil-de-Chat*, a laissé une réputation de merveilleuse adresse. — Ce serait fait déjà sans votre arrestation qui a permis un moment de croire que nous étions dans la bonne voie...

— Je vous le répète, monsieur, je serai très heureux de m'entretenir avec cette femme, — reprit le comte Yvan. — L'homme qu'elle a si longtemps poursuivi est notre ennemi commun... — Il nous a fait du mal à tous deux... — Nous le retrouverons ensemble, et non pas seulement cet homme, ce Lartigues, mais l'autre misérable qui a souillé de sang répandu le tombeau de ma famille, et qui pouvait me faire payer de ma tête le crime commis par lui!

— Eh bien! monsieur le comte, veuillez vous

trouver dans mon cabinet demain à trois heures...
— Aimée Joubert y sera... — Quant à présent,
vous êtes libre... — Reprenez votre portefeuille,
votre porte-monnaie, votre montre et cette clef...

Le jeune Russe et l'attaché d'ambassade remercièrent Paul de Gibray, et quittèrent le palais de
justice en compagnie du vicomte Guy d'Arfeuilles.

Le commissaire aux délégations, resté seul avec
Paul de Gibray, s'écria :

— Voilà, cher maître, une bien fâcheuse méprise,
car enfin l'innocence du comte Smoïloff n'est pas
douteuse...

— C'est mon avis ; mais cette méprise, dont la
durée n'a pas été longue, me paraît heureuse en
somme...

— Heureuse, en quoi ?

— En ce qu'elle nous met sur la piste de Lartigues, si longtemps et si vainement cherché...

— Le misérable est couvert par la prescription...

— D'accord, mais soyez certain qu'il a commis
de nouveaux crimes pour lesquels la prescription
n'existe pas... — Il ne s'agit que de le prendre...

— Le prendrons-nous ?

— Je commence à l'espérer... — J'augure des

merveilles de l'alliance future du jeune Russe avec Aimée Joubert, à qui je vais écrire au nom du procureur de la République.

— Sous le nom de *Madame Rosier*, rue de la Victoire, ne l'oubliez pas.

— J'ai son adresse... — En descendant voulez-vous me rendre le service de passer au greffe et d'y remettre l'ordre de levée d'écrou du comte Smoïloff?... — Je vais vous le signer.

— A vos ordres...

— Un mot encore... — Sait-on si les cadavres ont été reconnus à la Morgue?

— Probablement non... — Vous en auriez été avisé sur-le-champ...

— Il faut faire en sorte que la décomposition des corps tarde le plus possible.

— Les médecins ont pris des mesures à cet effet.

— Priez le chef de la sûreté de m'envoyer sans retard les rapports de ses agents, et faites démentir par les feuilles du soir la note publiée ce matin par quelques journaux et annonçant l'arrestation de l'auteur du double crime du Père-Lachaise et de la rue Ernestine.

— Je vais m'en occuper sur-le-champ.

## LIII

— Aucun journal n'a imprimé le nom du comte Smoïloff, n'est-ce-pas? — demanda le juge d'instruction.

— Aucun.

— C'est au mieux... — Il ne faut pas que ce nom soit prononcé... il faut nier au besoin cette arrestation... — Si nous avions affaire à des gens bien informés, nous répondrions qu'une erreur de personne a été commise par les agents, que je me suis aperçu aussitôt de cette erreur, et que l'innocent arrêté n'a pas même eu à subir un interrogatoire...

— Je n'oublierai rien de tout cela.

— Faites, je vous en prie, reporter les malles du comte au Grand-Hôtel... Voici les clefs...

Le commissaire aux délégations sortit pour veiller à l'exécution des ordres de Paul de Gibray.

*
* *

Les journaux avaient en effet annoncé, le matin même, que l'auteur du double crime dont tout Paris se préoccupait, était arrêté, mais, comme leurs renseignements venaient d'une source non officielle, ils avaient eu soin de se tenir dans la plus grande réserve, ne donnant aucun détail et se gardant bien d'imprimer même des initiales trop transparentes.

Bref, l'arrestation du comte Yvan n'était presque connue que de ses convives de la veille.

Le vicomte Guy d'Arfeuilles, en sortant du palais de justice et après avoir quitté le secrétaire d'ambassade, engagea le jeune Russe à venir déjeuner avec lui dans un endroit où il rencontrerait, selon toute apparence, quelques-uns des invités du soir précédent, et lui donna le conseil de raconter franchement la méprise dont il avait été

victime, ajoutant qu'il couperait court ainsi à tout
méchant bruit, à tout commentaire malveillant.

Le comte Yvan jugea le conseil bon à suivre.

En conséquence les deux jeunes gens allèrent
s'installer chez Bignon.

Le petit baron Pascal de Landilly s'y trouvait,
avec MM. de Grivelle et de Thomeray.

Yvan, chaudement accueilli par eux, les mit en
quelques mots au courant de sa mésaventure et
les fit rire en leur parlant de la déconvenue de la
police si sottement égarée sur une piste fausse.

Pascal de Landilly déclara la chose *épatante*.

— J'ai une idée, — dit-il ensuite, — et je la
crois d'un joli galbe !... — Je vais courir chez tous
nos amis et les inviter à fêter ce soir votre déli-
vrance, le verre en main, dans le même salon qui
nous a déjà réunis deux fois de suite... — Ce sera
catapultueux ! — Cher comte, acceptez-vous ?

Le cher comte, à qui Guy d'Arfeuilles fit un signe
expressif, s'empressa de répondre affirmativement,
et le petit baron, montant aussitôt en voiture, partit pour commencer ses courses d'invitation.

Après avoir déjeuné, Yvan Smoïloff se rendit au
Grand-Hôtel.

On venait d'y rapporter les bagages du Russe,

au grand ébahissement des employés qui déjà considéraient le locataire de l'appartement du numéro 55 comme un de ces assassins destinés à tenir une grande place dans les fastes du crime.

Une brève explication détruisit la légende, rétablit les faits, et le comte reprit possession de son appartement.

Rejoignons Maurice.

Le misérable s'était levé de bonne heure et avait envoyé chercher les journaux du matin.

Il espérait y trouver non seulement des détails relatifs à l'enquête commencée au sujet du double crime dont il était l'auteur, mais encore des renseignements sur les motifs de l'arrestation opérée sous ses yeux la veille au soir.

Sa surprise fut extrême en lisant des articles obscurs, conçus en termes vagues et se bornant à dire que la police avait mis la main sur l'auteur de l'assassinat du Père-Lachaise et de la rue Ernestine.

Les journaux restaient muets au sujet du lieu de l'arrestation et ne prononçaient point le nom de l'homme arrêté.

Maurice supposa néanmoins qu'on voulait parler du comte.

— D'où peut venir la méprise? — se demanda-t-il.

Brusquement il se rappela que, pour se rendre méconnaissable, il avait mis une perruque blonde, des moustaches blondes, des favoris blonds, et qu'il portait un pince-nez comme le jeune Russe.

— Je me suis regardé dans une demi-douzaine de glaces, — poursuivit-il, — et je me souviens de ma figure... positivement je devais lui ressembler... — J'avais adopté, en outre, un accent qui n'était pas tout à fait russe, mais qui ne manquait point d'analogie avec le sien... — Il est certain qu'on l'a pris pour moi... — Les témoins ont déclaré reconnaître l'homme blond sur lequel la police a jeté son dévolu... — Voilà qui met dans ma main tous les atouts ! !... Je suis sauvé...

Maurice se gratta l'oreille et reprit au bout d'un instant :

— Mais comment se fait-il que ce Russe ait été désigné, car il y a dans Paris bien d'autres jeunes gens blonds, portant favoris et pince-nez ? — Cela, je ne puis le comprendre !... — Étant plus innocent que l'enfant à naître, il prouvera facilement un alibi, on lui rendra la clef des champs et la police cherchera de plus belle... — Que m'importe ? — Les limiers s'égareront de nouveau sur la piste d'un homme blond... et d'ailleurs je n'ai rien laissé derrière moi... — Le labyrinthe est inextricable et le fil d'Ariane n'existe pas !

Après avoir formulé ces réflexions, Maurice s'habilla et se rendit rue de Suresnes.

Le pseudo-capitaine Van Broecke, ou plutôt Pierre Lartigues, se trouvait en compagnie de Verdier, le faux abbé Meyriss.

— Bonjour, mon jeune ami, — lui dit Lartigues.

— Salut, capitaine.

— Y a-t-il du nouveau ?

— Beaucoup....

— Ah ! diable !... — Bon ou mauvais ?

— Excellent, je crois...

— Racontez, nous jugerons...

Maurice fit un récit rapide de ce qui s'était passé la veille et développa ses suppositions.

— Que pensez-vous de cela ? — demanda-t-il ensuite.

— Je pense comme vous que c'est excellent et l'abbé est du même avis, je le vois à sa mine... — La justice étant emballée sur une piste fausse, vous êtes hors d'atteinte... — Vous avez agi d'ailleurs avec trop d'adresse, vos précautions étaient trop bien prises pour qu'il soit possible de reconstituer votre signalement véritable... — Nous pouvons

donc bannir toute inquiétude et chercher tranquil-
lement les nièces d'Armand Dharville... — Avez-
vous commencé vos investigations relatives à Ludovic Bressolles, ainsi que nous vous avions prié
de le faire?

— Oui.

— Quels résultats ?

— Nuls, jusqu'à présent.

Le jeune homme entra dans le détail de ses oc-
cupations de la veille ; — il dit son espoir momentané et son insuccès final.

— Découvrir l'adresse de ce ci-devant architecte
sera difficile, mais non pas impossible cependant...
— dit Verdier. — Nous aviserons... — Ce sera un
travail de patience à exécuter lorsque vous serez
allé à Vic-sur-Braisnes afin de trouver la trace de la
fille naturelle Simone... — Avez-vous fait relever
son acte de naissance ?

— Pas encore... le temps m'a manqué...

— Occupez-vous-en dès aujourd'hui, et tenez-
vous prêt à partir d'ici à deux jours pour Vic-sur-
Braisnes...

— Je serai prêt quand bon vous semblera... Mais
à mon tour de questionner...

— A quel sujet? — demanda Verdier.

— Au sujet de la chose qui m'intéresse d'une façon toute particulière... Avez-vous reçu des nouvelles de Londres?

— Je n'aurai une lettre que demain, au plus tôt; mais soyez sans inquiétude, vous pouvez regarder vos services comme agréés par notre associé Michel Brémont... — Je lui ai écrit en des termes tels qu'il sera ravi de vous voir des nôtres... — Ce sera la fortune pour vous du premier coup, mon cher enfant !... il s'agit de ne point la laisser échapper... — Soyez digne de votre heureuse chance...

— Il en sera digne, pardieu !... Je réponds de lui ! — s'écria Lartigues qui semblait éprouver pour Maurice une sympathie grandissante. — Je suis certain que ce cher garçon ne me fera pas mentir...

— Je l'espère bien... — dit Verdier, — mais il est jeune... Qu'il se méfie des femmes ! — Les femmes, c'est la pierre d'achoppement...

— Ah ! soyez tranquille ! — s'écria Maurice. — De ce côté comme de tous les autres il n'y a rien à craindre... — Assurément j'aime les femmes, mais ainsi qu'on aime de jolis joujoux... — je serai toujours maître de mon cœur... — J'ai le plus profond dédain pour les bêtises du sentiment...

— Ce langage me plaît... — fit en souriant le faux abbé Méryss, — mais est-il bien l'expression sincère de votre pensée?

— Je vous l'affirme... — Quel intérêt aurais-je à vous tromper?

— C'est vrai, mais vous pourriez vous tromper vous-même...

— Ne craignez pas cela... je réponds de moi...

— Puisqu'il en est ainsi, bravo! — A demain, mon cher enfant...

— Où?

— Ici.

— A quelle heure?

— Toujours à dix heures... — N'oubliez aucune de nos recommandations et, en attendant votre départ pour Vic-sur-Braisnes, cherchez sérieusement quelque moyen de découvrir Ludovic Bressolles...

— Je chercherai, mais sans grand espoir...

En quittant la rue de Suresnes Maurice se rendit immédiatement à la préfecture de la Seine afin de se procurer un extrait de l'acte de naissance de Simone Dharville.

Les recherches furent longues, les archives de l'hôtel de ville ayant été incendiées pendant la Commune.

On trouva cependant, et on promit au jeune homme pour le surlendemain l'extrait dûment légalisé.

En rentrant chez lui pour s'habiller après cette course, Maurice reçut des mains de la concierge un mot laissé par le petit baron Pascal de Landilly qui l'invitait à dîner ce même jour chez Brébant.

— Pardieu ! — se dit-il, — j'irai... — Cela se trouve à merveille... — Je ne savais justement que faire de ma soirée... — Ce sera bien le diable d'ailleurs si je n'apprends pas là quelques détails sur les suites de l'arrestation du comte Yvan...

## LIV

Après le départ de Maurice, le faux abbé Méryss et le faux capitaine Van Broecke étaient restés seuls.

— Tu t'enthousiasmes pour ce garçon, cela saute aux yeux, — dit Verdier à Pierre Lartigues. — Prends garde, compère.

— A quoi ?

— Maurice est très habile, je ne fais nulle difficulté d'en convenir, mais il a la fougue de son âge, il ne se possède pas assez, et je crains qu'un jour ou l'autre il ne nous compromette par quelque imprudence.

Lartigues haussa les épaules.

— Je te l'ai déjà dit et je te le répète, mon cher,
— répliqua-t-il ensuite, — j'ai une entière confiance en lui... Malgré sa jeunesse il possède un
impertubable sang-froid. — Rien ne le trouble...
rien ne l'émeut... — C'est là une de ces qualités
rares et précieuses qui sont départies aux grands
aventuriers seulement... — J'éprouve en voyant
Maurice une sensation inconnue de moi jusqu'à
présent... — Il me semble revivre en lui... — Tel il
est aujourd'hui, tel j'étais autrefois, et je crois n'a-
voir jamais compromis les intérêts de l'association...

— Compère, ta mémoire te sert mal... — Tu
oublies l'affaire Kourawieff...

— Je ne l'oublie pas, mais je pense n'avoir aucun reproche à m'adresser à ce sujet. — J'avais tout
prévu, sauf une diabolique créature qui a mis la
police sur la bonne piste.

— Oui, Aimée Joubert... — Tu étais alors l'a-
mant d'une femme, comme Maurice l'est aujour-
d'hui... — Cette femme a failli te perdre... Maurice
pourrait être perdu par sa maîtresse...

— Crois-tu donc qu'il songe à lui confier ce qui
se passe ?

— Non, certes, je ne le crois pas, mais tu sais à

II.                                        12

quel point les femmes sont adroites. — Pour les
mettre au courant de tout, il suffit du moindre indice... leur imagination travaille et devine ce qu'on
leur cache... — Tu parlais tout à l'heure du sang-
froid de Maurice... Avons-nous la preuve qu'il le
conserve sans cesse ?... Je ne me défie point de ce
jeune homme, j'admets qu'on peut compter sur
lui, mais la plus élémentaire prudence ordonne de
le surveiller... — Songe donc qu'il possède notre
secret !... — Songe qu'une imprudence de sa part
pourrait amener l'écroulement de notre société, ce
qui serait la ruine, puisqu'il deviendrait impossible
de mettre la main sur l'héritage d'Armand Dharville qui doit nous enrichir et nous permettre de
vivre en honnêtes gens, en bons bourgeois million-
naires, environnés de l'estime universelle...

— Redoutes-tu de sa part cette imprudence ?

— Eh bien ! franchement, oui.

— Pourquoi ?

— Parce que, hier soir, ce sang-froid que tu vantes
lui a fait défaut...

— En quelle occasion ?

— Quand on est venu arrêter, au milieu de ses
amis, ce jeune Russe, le comte Smoïloff, Maurice
a eu peur... — En voyant le commissaire et ses

agents, il a cru qu'ils étaient là pour lui... — Il a pâli, il a tremblé et, prêt à se trahir, il a pris sur la table un couteau pour se défendre...

— Ou pour se frapper... — répliqua Lartigues. — Maurice, j'en suis convaincu, préférerait mille fois la mort à la prison... — Mais, j'y songe... comment sais-tu ce qui s'est passé hier soir ?... — Étais-tu là par hasard ?

— Non, je n'étais pas là, mais un certain Noël, garçon de salle du restaurant, est à ma disposition...

Lartigues fit un brusque haut-le-corps.

— Tu entretiens des affidés dans cette classe et tu parles d'adresse ! ! — s'écria-t-il. — Mais tu commets, en agissant ainsi, la plus impardonnable des imprudences !...

— Nullement... — L'homme en question ne me connaît pas... il ignore mon nom, ma situation, mes projets... — il sait seulement que je possède un secret de son passé, et qu'avec ce secret je peux l'envoyer au bagne... — Ce n'est ni un affidé, ni un complice... c'est un esclave...

— Je veux bien le croire ; enfin, la conclusion de tout ceci est que, selon toi, nous devons nous défier de Maurice...

— Non pas de lui, je le répète, mais de sa jeunesse... — Qu'un mot lui échappe dans l'ivresse du
vin ou dans celle de l'amour, et on reconnaîtra en
lui l'assassin cherché vainement... — Arrêté, inter-
rogé, il tombera dans l'un des pièges qu'un juge
d'instruction un peu retors tend aux prévenus, et
la police saura bientôt que la société des Cinq a
deux de ses membres à Paris, cachés sous les noms
du capitaine Van Broecke et de l'abbé Méryss : moi,
forçat à perpétuité, évadé du bagne ; toi, condamné
à mort par coutumace... — Une fois qu'on tiendra
notre piste, on ne la lâchera plus... Nous serons
filés, traqués, pris comme des imbéciles, ce qui te
paraîtra sans doute, ainsi qu'à moi-même, bien
humiliant.

— Deviendrais-tu trembleur, par hasard ? — demanda Lartigues avec un ricanement. — Rien de
tout cela n'est à craindre, pour toi du moins, car à
la moindre alerte tu peux disparaître... — Qu'on
suive l'abbé Méryss jusqu'à la demeure de M. Mar-
chais, boulevard du Temple ; qu'après les somma-
tions de rigueur on fasse ouvrir par un serrurier
et on pénètre dans l'appartement, on le trouvera
vide puisque l'abbé Méryss sera monté, grâce à son
ascenseur invisible, dans le logement de M. Martin,

et M. Martin, ayant changé de visage et de costume, pourra sortir paisiblement par la rue Béranger, bien certain que personne ne s'avisera de reconnaître en lui Verdier, l'ancien forçat !...

— Parbleu, mes précautions sont bien prises, — répondit le faux abbé. — La preuve, c'est que depuis quinze ans je suis à Paris où j'ai su conduire à bonne fin quelques grosses affaires qui ont mis des capitaux dans la caisse de la société, mais le plus malin peut se laisser pincer un jour ou l'autre... — Du reste, ce n'est pas pour moi que je crains, c'est pour toi...

— Pour moi? — répéta Lartigues étonné.

— Parfaitement.

— Pourquoi diable la police s'aviserait-elle de me chercher dans la peau du capitaine Van Broecke ?

— Parce que la police sait à merveille qu'il est des déguisements sous lesquels on cherche un abri...

— Je défie la police de découvrir en moi Pierre Lartigues, l'assassin de la comtesse Kourawieff...
— Songe donc que depuis vingt-trois ans j'ai voyagé dans toute l'Europe sous des noms supposés, avec des papiers en règle... — En Italie, je

12.

m'appelais Julio Peppi... en Espagne, Antonio Mer-
cuzza... en Allemagne, Franck Muller... en Bel-
gique, Van Amburger... à Londres, John Thomp-
son... en Ecosse, Williams Duke... En Suisse j'ai
eu l'audace de reprendre mon véritable nom, il y a
deux ou trois mois, et ce n'était point sans intention : je voulais, si la police française me cherche
toujours, — ce que je ne crois pas, — lui faire supposer que j'habitais la Suisse... — En Russie je me
suis appelé Paul Trogoff... — Une seule fois j'ai
été rencontré et reconnu.

— Par qui ?

— Par le comte Kourawieff lui-même... — Il a
tenté certainement de me faire arrêter, mais j'a-
vais filé déjà... — Je suis insaisissable, mon cher...

— Jusqu'à présent, mais il faut tout prévoir.

— D'accord...

— Tu sais la vieille chanson ?...

— Laquelle ?

— Celle dont voici le refrain :

> « Petite souris qui n'a qu'un trou
> » Dans sa remise
> » Est prise... »

— A quoi veux-tu en venir ?

— A te trouver ici ce que je pourrais appeler une porte de derrière...

— J'y ai déjà pensé...

— En voyant, n'est-ce pas, la porte condamnée qui mettait jadis ton jardin en communication avec celui du pensionnat de la rue de la Ville-l'Évêque ?

—'Juste...

— Eh bien, c'est là que nous devons chercher une issue en cas de surprise... — La porte est-elle fermée seulement par la serrure et les verrous qui sont de ton côté, ou des verrous pareils la condamnent-ils du côté du pensionnat ?

— Je l'ignore... Je n'ai point demandé de détails à ce sujet au concierge de la rue Tronchet...

— Il faudrait le savoir.

— Comment s'y prendre ?

— C'est mon affaire... — Examinons d'abord la porte de ton côté...

— Tout de suite ?

— Oui.

— Allons...

Lartigues sortit du salon où l'entretien qui précède venait d'avoir lieu, et descendit au jardin.

Verdier le suivit.

Le temps était froid et sec.

Un beau soleil d'hiver jetait ses rayons d'or dans le jardin du petit hôtel à travers les ramures dépouillées des grands arbres du pensionnat.

Les deux hommes se dirigèrent vers la porte de communication.

Elle disparaissait à demi, nous le savons, sous des touffes épaisses de lierre au feuillage sombre.

Le faux abbé Méryss souleva cette draperie végétale, et longuement examina la serrure massive.

— As-tu la clef? — demanda-t-il ensuite.

— Non... — répondit Lartigues.

— Il faut t'en faire faire une sans tarder...

— Ce sera bien imprudent...

— Ce serait imprudent, j'en conviens, si tu appelais un serrurier pour prendre ses mesures... — Il se demanderait évidemment ce que tu veux aller faire chez le voisin... — Par bonheur ce ne sera point nécessaire... — Les vis de la serrure se trouvent par ici...— Tu la démonteras toi-même et tu la porteras dans un quartier lointain à un serrurier à qui tu commanderas une clef....

— Je comprends...

— Restent les verrous... — Ils sont en quelque sorte soudés par la rouille, mais avec quelques

gouttes d'huile on en aura facilement raison... —
Tu t'occuperas cette nuit de démonter la serrure
de manière à ce que les voisins ne puissent sur-
prendre ton opération.

— Ceci n'est point à craindre... — répliqua Lartigues en désignant à gauche et à droite les hautes
murailles des maisons voisines. — Aucune fenêtre
ne donne sur le jardin... il n'y a que des jours de
souffrance garnis de grillages...

— A travers ces jours de souffrance un œil curieux peut observer... — Toute précaution est
bonne à prendre... — Fais ce que je te dis....

— Je le ferai...

LV

— La porte s'ouvre de ton côté, ce me semble...
— reprit le faux abbé Méryss.

— Oui, — répondit Lartigues, — mais les lierres
qui la couvrent aux trois quarts l'empêcheront de
se mouvoir...

— Au premier jour de dégel tu feras planter ici
une demi-douzaine de sapins hauts de deux mètres... — Ils masqueront l'entrée. — Tu reporteras
les lierres à droite et à gauche de la porte, et tout
sera dit...

— Tout cela est très bien combiné, — répondit
Lartigues en souriant, — mais tu oublies une
chose...

— Laquelle ?

— C'est qu'une fois dans le jardin du pensionnat, il faudrait en sortir... — Comment s'y prendre ? — As-tu un moyen ?

— Pas encore... — Pour trouver ce moyen et pour être à même de te l'indiquer, il faut que j'aie visité le pensionnat.

— Visite-le donc le plus tôt possible.

— Oh ! dès aujourd'hui...

— Sous quel prétexte ?

— Que cela ne t'inquiète pas... — Le costume ecclésiastique dont je suis revêtu doit me donner un accès facile dans la maison.

— Viendras-tu me voir après ta visite ?...

— Sans le moindre doute, afin de te communiquer les renseignements recueillis par moi.

Verdier se dirigea, suivi de Lartigues, vers la porte de sortie.

Au moment de l'atteindre il se retourna.

— Souviens-toi de mes conseils, — dit-il, et médite-les sérieusement... — Tiens-toi sur tes gardes avec Maurice...

— Positivement ce jeune homme te semble dangereux ?

— Il peut le devenir...

— Alors qu'on le supprime... — Je sacrifierais tout à notre sûreté si je la voyais compromise, mais dans ce cas le sacrifice me coûterait beaucoup, car je me sens pris de sympathie pour ce garçon... Je voudrais en faire un élève digne de nous... il le deviendrait, grâce à nos leçons...

— Les leçons de prudence sont les seules dont il ait besoin, — répliqua Verdier. — Pour tout le reste il est complet. — Je ne songe nullement à le supprimer, quant à présent du moins. — Il nous tient... subissons-le... — Plus tard, nous aviserons... — Laissons-le d'abord agir... Nous le verrons à l'œuvre et nous le jugerons... — Demain j'aurai sans doute une réponse à ma lettre. — J'ai hâte de savoir ce que pense Michel Brémont de notre nouvel associé...

— Comme toi j'attends cette lettre avec impatience...

Les deux hommes avaient atteint la porte de sortie donnant sur la rue de Suresnes.

— A tout à l'heure... — dit le faux abbé. — Je vais au pensionnat... — L'institutrice se nomme bien madame Dubief ?...

— Madame Dubief, oui...

Verdier sortit et Lartigues referma la porte derrière lui.

*
* *

L'ex-architecte Ludovic Bressolles s'était occupé
sans perdre de temps de cette frêle et gracieuse
Simone, dont le doux visage pâle et la résignation
dans la souffrance avaient donné au peintre Gabriel
Servet l'idée du tableau qu'il destinait à la prochaine exposition.

En quittant l'atelier de la rue Vavin, Marie pria
son père de la conduire immédiatement chez madame Dubief, afin de lui parler de sa protégée.

Les désirs de Marie étaient des ordres pour Ludovic Bressolles.

Il remonta en voiture et donna au cocher l'adresse
du pensionnat, rue de la Ville-l'Évêque.

La place de lingère de l'institution se trouvait
toujours vacante, madame Dubief ne voulant point
donner cet emploi à la première venue n'offrant
point de suffisantes garanties.

Il s'agissait d'un poste de confiance.

L'honorabilité de la titulaire de ce poste devait

être affirmée par des recommandations de premier ordre.

En attendant que quelqu'un se fût présenté, offrant ces garanties et muni de ces recommandations, une sous-maîtresse surveillait la lingerie, et c'était là une grosse besogne, nos lecteurs le comprendront sans peine quand nous aurons dit que l'établissement de madame Dubief contenait en ce moment plus de cent soixante jeunes filles.

La maîtresse de pension, heureuse de recevoir une de ses élèves préférées en compagnie de son père qu'elle estimait beaucoup, demanda gracieusement si elle serait assez heureuse pour pouvoir leur être agréable.

M. Bressolles développa sa requête et le fit dans les termes les plus chaleureux.

A cette pressante recommandation Marie joignit sa touchante prière et, les mains jointes, les yeux humides, trouva sans les chercher des paroles pleines d'une émotion communicative.

Madame Dubief n'eut pas une minute d'hésitation et promit de voir le plus tôt possible la jeune fille dont on lui parlait.

— Aujourd'hui même elle recevra une lettre de moi... — ajouta-t-elle.

Le père et l'enfant remercièrent cordialement la maîtresse de pension et partirent enchantés.

Aussitôt rentrée, Marie écrivit quelques lignes à sa protégée.

Elle lui rendait compte du résultat de l'entrevue et lui annonçait un billet de madame Dubief.

Ce billet ne se fit point attendre.

L'institutrice priait l'ouvrière de se présenter rue de la Ville-l'Évêque le lendemain.

Simone pouvait à peine croire à ce bonheur si soudainement venu.

Elle se sentait comme réchauffée par cette protection inespérée qui s'étendait sur elle à l'improviste.

Pour la première fois depuis qu'elle était au monde elle entrevoyait la possibilité d'une vie calme, d'une existence tranquille, exempte de toute lutte, de tout souci.

Le lendemain arriva.

A l'heure indiquée par la lettre, Simone, après s'être habillée de ses meilleurs vêtements, prit à pied le chemin du pensionnat.

Physiquement elle était bien faible encore. — La violence de son émotion la faisait trembler.

Plus elle approchait de la demeure de madame

Dubief, plus elle sentait son émotion grandir et son cœur se serrer.

Au lieu du sentiment de joie et d'espoir dont ce cœur aurait dû déborder, elle éprouvait une vague tristesse, une sorte de terreur sans cause.

Un étrange pressentiment l'assiégeait.

Il lui semblait deviner que dans cette maison où un avenir heureux semblait l'attendre, elle serait assaillie par de nouveaux chagrins, en butte à de nouvelles souffrances.

— Tout cela est absurde !... — se disait-elle, — je deviens folle !...

Et elle s'efforçait, mais sans y parvenir, de chasser ces idées noires.

Elle marchait toujours, cependant.

Enfin elle atteignit la rue de la Ville-l'Évêque et s'arrêta en face d'un grand bâtiment de pierres de taille, d'un aspect imposant mais un peu sombre.

Une large porte cochère, au milieu de laquelle était percée une porte bâtarde, l'étonna par ses ferrures massives et son lourd marteau de fer forgé, à l'ancienne mode, dont on ne se servait plus depuis bien des années et que remplaçait une modeste sonnette.

Elle hésita avant de s'approcher de cette porte pour sonner et se faire ouvrir.

Son hésitation, d'ailleurs, fut courte.

— Que je suis sotte ! ! — se dit-elle en haussant les épaules. — Pourquoi donc une frayeur absurde et ridicule ?... — Je trouverai dans cette maison, si ma bonne étoile m'y fait admettre, le travail, la santé, l'existence honorable et calme que je rêve... — Oui, décidément, je suis folle ! !

Et, s'armant de courage, faisant sur elle-même un violent effort, elle sonna.

Presque aussitôt la porte bâtarde s'ouvrit et un homme en habit gris à boutons argentés parut sur le seuil.

C'était le concierge du pensionnat.

Il en devenait aussi le jardinier quand il quittait son habit gris pour endosser une veste de toile, et il excellait à faire pousser des fleurs dans un enclos réservé qu'un treillage séparait du vaste jardin planté d'arbres séculaires.

— Que désirez-vous, mademoiselle ? — demanda-t-il à Simone du ton le plus poli.

— J'ai reçu de madame Dubief une lettre... — répondit la jeune fille. — Par cette lettre elle m'invite à me présenter aujourd'hui, à deux heures, au pensionnat.

— Tout en parlant, Simone tirait de sa poche la missive en question et la présentait au concierge qui l'écarta du geste et reprit :

— Il suffit, mademoiselle... — Prenez la peine d'entrer... ma femme va vous conduire auprès de madame...

Puis il appela :

— Dorothée !...

La porte de la loge s'ouvrit.

Une bonne femme d'une cinquantaine d'années, dodue et fraîche encore, se présenta.

— Qu'est-ce qu'il y a ? — demanda-t-elle.

— C'est mademoiselle à qui madame Dubief a écrit de venir aujourd'hui à deux heures... — Il faut la conduire à madame.

— Tout de suite... — Voulez-vous me suivre, mademoiselle ?...

Simone accompagna la bonne femme, fraîche et dodue, tandis que l'homme à l'habit gris retournait s'installer dans sa loge, au coin d'un bon feu, et s'absorbait dans la lecture saine et nourrissante du feuilleton du *Petit Journal*.

Dorothée fit traverser à la jeune fille le vestibule

de l'hôtel; puis un vaste salon transformé en par-
loir, et frappa discrètement à une porte dissimulée
dans la tenture.

— Entrez... — fit une voix de femme.

La concierge ouvrit et dit :

— Madame, c'est une demoiselle à laquelle madame a écrit...

— Où est cette jeune fille ?

— Ici, madame, avec moi...

— Eh bien ! qu'elle entre...

Dorothée s'effaça pour laisser passer Simone qui
franchit le seuil d'une petite pièce servant de bureau, où madame Dubief vérifiait des comptes.

La femme du concierge se retira en fermant la
porte, et la jeune fille resta seule avec la maîtresse
du pensionnat.

Simone, en entrant, avait salué d'une manière
tout à la fois timide et gracieuse.

Maintenant son attitude témoignait d'une vive
émotion et d'un grand embarras, mais n'offrait
cependant aucune gaucherie ridicule.

Elle ne baissait point la tête et elle se contraignit
à tourner ses grands yeux si doux vers madame
Dubief, dont les regards rencontrèrent les siens.

L'institutrice était une femme de quarante ans à

peine, blonde et pâle, ni jolie, ni laide, et rien ne recomm.ndait sa figure à l'attention, sauf l'expression d'intelligence et de bonté empreinte sur ses traits un peu vulgaires.

Elle plut tout d'abord à Simone.

De son côté, il lui suffit d'un coup d'œil pour juger la jeune fille ; — elle fit la part de la timidité, de l'émotion, et son jugement fut absolument favorable.

— Asseyez-vous, mon enfant... — dit-elle en désignant un siège.

La protégée de Marie Bressolles aurait mieux aimé rester debout, mais elle se sentait très fatiguée par sa longue course.

— Merci, madame... — balbutia-t-elle, et elle s'assit.

— Vous vous nommez Simone?... — poursuivit madame Dubief.

— Oui, madame...

— M. Gabriel Servet, l'artiste bien connu, vous porte un grand intérêt, ainsi que ma chère élève Marie Bressolles et son père... — Vous m'êtes recommandée chaleureusement...

— Je le sais, madame, et je serai reconnaissante toute ma vie à ceux qui ont bien voulu me témoigner cet intérêt, même si leur recommandation devait rester sans résultat.

— Je crois qu'il n'en sera point ainsi, mon enfant... — répliqua madame Dubief, à qui les paroles simples et la voix sympathique de Simone allaient au cœur. — Ceux qui s'occupent de vous ne le font qu'à bon escient et m'ont donné sur votre compte les meilleurs renseignements... — M. Bressolles ne m'a rien caché... Je sais que vous êtes sans famille, ou du moins que vous n'avez jamais connu la vôtre... Je sais tout ce que vous avez souffert et combien il vous a fallu de courage et d'honnêteté pour supporter tant et de si rudes épreuves et ne point dévier un seul instant de la ligne droite... — Cela est très beau, et l'on doit s'estimer heureux de pouvoir faire quelque chose pour vous...

— Combien vous êtes bonne, madame, — murmura la jeune fille d'une voix brisée par l'émotion, — et que je suis heureuse de vous entendre me parler ainsi ! Mais vos éloges me rendent presque confuse car enfin, si j'ai suivi la ligne droite, j'ai fait mon devoir, et voilà tout...

— C'est vrai... — répondit madame Dubief avec un sourire — *faire son devoir*, cela semble tout simple... et pourtant...

13.

Elle n'acheva point sa phrase et reprit, après un silence très court :

— Vous savez coudre ?

— Oui, madame... je sais aussi tailler, repriser, marquer, broder, repasser... Je puis faire une robe si la coupe et les garnitures n'en sont pas trop compliquées...

— On vous a dit quelle était la place vacante pour laquelle on vous proposait?

— Oui, madame.

— Il s'agit d'être directrice de la lingerie du pensionnat, et surveillante des effets des pensionnaires... — Vous auriez sous vos ordres de nombreuses ouvrières... — Vous leur distribueriez le travail et vous veilleriez à ce qu'il soit exécuté d'une façon consciencieuse et sans perte de temps... — Chaque élève a sa case, et dans cette case vous prendriez trois fois par semaine le linge nécessaire... — Vous seriez chargée de livrer les paquets tout préparés aux blanchisseuses et de vérifier les comptes de blanchissage. — Les nombreux détails dans lesquels il faut entrer sont minutieux, mais point fatigants... — C'est une affaire d'habitude... — Vous savez maintenant quelles sont les attributions de l'emploi vacant... — Croyez-vous pouvoir les remplir ?

— Je le crois, oui, madame... surtout si, pendant les premiers jours, on veut bien me diriger et me donner des conseils...

— Ils ne vous manqueront point... — La sous-maîtresse qui, par complaisance, s'est chargée de l'intérim, vous mettra au courant... — Inutile de vous demander si vous savez lire, écrire et compter...

— Si je ne savais tout cela je n'aurais pas osé me présenter, car il m'aurait été matériellement impossible de tenir les comptes des ouvrières...

— Eh bien, mon enfant, vous êtes agréée.

— Oh ! madame, quel bonheur ! !

— Il ne me reste qu'à vous dire ce que vous gagnerez... — Les appointements sont modestes, je vous en préviens, relativement à l'emploi qui est important.

— Quels qu'ils soient, madame, je me trouvera toujours assez payée...

— Je vous donnerai douze cents francs par an... cent francs par mois... — Vous serez nourrie et logée... Vous n'aurez à vous occuper que de votre entretien, et la plus grande simplicité est de rigueur... Vous pourrez donc mettre un peu d'argent de côté.

— J'espérais beaucoup moins, madame, et je n'aurais jamais osé rêver une position à ce point enviable.

— Je suis heureuse qu'elle vous plaise... A dater d'aujourd'hui vous faites partie de la maison.

Simone avait les yeux remplis de douces larmes.

Son cœur battait à coups rapides.

Ses pressentiments sombres s'étaient envolés.

— Comment vous remercier, madame? — balbutia-t-elle. — Comment vous témoigner ma reconnaissance?...

— Ne me remerciez pas, mon enfant... — Si vous êtes en ce moment mon obligée, j'espère bien qu'avant peu je serai la vôtre. — Vous avez besoin de travail, je vous en donne... quoi de plus simple?...
— Votre avenir est entre vos mains... — Soyez ici ce que vous avez été jusqu'à présent, et vous resterez dans la maison autant que moi-même...

— Je ferai mon devoir, madame, de mon mieux, comme toujours...

— Je le crois, chère enfant, ou plutôt j'en suis sûre... — Quand pourrez-vous commencer votre service?

— Demain matin, madame, si vous le voulez bien... — J'entrerais même tout de suite, si je n'avais besoin de la fin de cette journée pour aller témoigner ma gratitude à mes protecteurs et leur apprendre quel bienveillant accueil j'ai reçu de vous...

— C'est tout naturel... — Vous viendrez demain matin vous installer et vous coucherez ici le soir...

— Oui, madame, — répondit la jeune fille avec une nuance d'embarras, — mais je vous prie de me permettre de vous faire observer une chose...

— Laquelle ?

— Quoique très pauvre, je ne suis point en garni... — J'ai loué une petite chambre où j'ai quelques humbles meubles et, n'ayant point donné congé, je suis obligée de la garder trois mois encore...

— Combien payez-vous par trimestre ?...

— Trente francs, madame...

— Je me charge d'acquitter votre loyer... — Vous pourrez conserver vos meubles, et les faire placer ici dans une chambrette que je mettrai à votre disposition...

— Vous me comblez, madame...

Madame Dubief reprit :

— Le dimanche, après les vêpres que vous entendrez avec les élèves, rien ne vous empêchera de prendre deux ou trois heures pour aller voir ceux qui se sont intéressés à vous... — En outre, chaque mois, vous aurez un jour de sortie... — Vous serez libre aussitôt après le déjeuner, et vous devrez rentrer à neuf heures du soir... C'est la règle de la maison.

Simone répondit en souriant :

— Il me sera d'autant plus facile de me conformer à cette règle, madame, que les heures de sortie me sembleront toujours trop longues... — Je n'ai point d'amis, par conséquent personne à voir, sauf mes protecteurs que je craindrais d'importuner.

— Il faudra sortir quand même... — Vous profiterez de votre liberté pour prendre l'air, pour marcher beaucoup... ne fût-ce que par mesure hygiénique, et vous reviendrez dîner ici...

L'entretien allait finir.

On frappa doucement à la porte du cabinet.

— Qui est là? — demanda madame Dubief.

— Moi, madame... — répliqua Dorothée en paraissant de nouveau sur le seuil.

— Que voulez-vous?

— Madame, c'est un ecclésiastique qui désire voir madame...

— Faites entrer...

Au bout d'une ou deux secondes la femme du concierge introduisit l'abbé Méryss qui salua profondément, d'un air de respectueuse humilité.

La maîtresse du pensionnat lui indiqua un fauteuil en le priant de s'asseoir.

Verdier salua de nouveau et prit possession du siège en jetant un regard à Simone qui s'était levée au moment où il entrait.

— Je suis à vous, monsieur, — dit madame Dubief; puis elle ajouta, en reconduisant Simone vers la porte : — Allez, mon enfant, et revenez demain matin de bonne heure avec votre petit bagage...

— Oui, madame... et merci encore... merci de tout mon cœur...

La jeune fille s'inclina devant madame Dubief et devant le faux prêtre et sortit aussi joyeuse qu'elle était triste en arrivant.

De la rue de la Ville-l'Évêque à la rue Vavin la distance est énorme, et Simone avait hâte d'aller annoncer à Gabriel Servet son admission dans le pensionnat avec le titre de directrice de la lingerie.

Heureusement à Paris les longues distances sont faciles à franchir, grâce aux omnibus qui mettent des moyens de locomotion à la portée des bourses les plus modestes.

Simone gagna le bureau du boulevard de la Madeleine et prit une voiture qui devait avec la correspondance la conduire au boulevard Montparnasse, tout près, par conséquent, du logis de Gabriel Servet.

Nous la quitterons un instant pour retourner au pensionnat où nous venons de laisser madame Dubief en tête-à-tête avec l'ex-forçat Verdier, caché sous la soutane et sous le pseudonyme de l'abbé Méryss.

— A quoi dois-je l'honneur de votre visite, monsieur l'abbé? — lui demanda l'institutrice avec son plus gracieux sourire.

— A une chose bien simple, madame... — Je suis chargé d'une commission pour vous...

— Pour moi? — répéta madame Dubief un peu surprise... — De quelle part?

## LVI

— C'est ce que je vais me hâter de vous apprendre... — répondit l'abbé Méryss.

— Je vous écoute, monsieur...

— Il faut vous dire, madame, que je n'habite point Paris... — J'y suis de passage et n'y ferai pas un long séjour car, desservant d'une commune de l'Ardèche, je me dois à mes ouailles et ne puis abuser de la complaisance d'un confrère qui veut bien me suppléer pendant mon absence...

Le faux abbé s'interrompit.

— Je comprends cela... — fit madame Dubief pour dire quelque chose, car elle ne devinait pas du tout où voulait en arriver son interlocuteur.

Ce dernier reprit :

— Les habitants de ma paroisse sont généralement peu riches... — L'un d'eux cependant fait exception... — Après avoir passé les trois quarts de son existence à vivre du travail de ses mains, il vient d'être mis en possession d'un héritage inattendu, héritage modeste, mais qui n'en constitue pas moins une grande fortune pour lui, — douze à quinze mille livres de rente...

Madame Dubief acquiesça de la tête.

Verdier continua :

— Mon paroissien est père d'une fille unique... — L'enfant a dix ans... — Il l'adore et, malgré son ignorance personnelle, ou peut-être à cause de cette ignorance, il a sur elle les vues les plus larges, il veut qu'elle possède une instruction complète, non point d'ordre moyen, mais hors ligne, dont elle ne saurait trouver les éléments dans les pensionnats du pays... Il tient enfin à pouvoir dire, dans son naïf orgueil : — *Ma fille est élevée à Paris...*

Nouvelle pause. — Nouvel acquiescement de madame Dubief qui commençait à comprendre.

— Sous l'empire de cette idée fixe, mon paroissien a questionné des Parisiens qui viennent en villégiature de nos côtés... — Il a entendu citer votre nom parmi les plus honorables et votre établissement parmi les premiers... — En conséquence, il m'a prié de venir causer avec vous et de visiter le pensionnat afin de m'assurer de deux choses : — la première c'est que chez vous l'instruction donnée aux élèves est effectivement poussée très loin ; — la seconde, c'est que la maison que vous occupez et ses dépendances se trouvent dans de bonnes conditions d'hygiène... — Telle est, madame, le motif de ma visite... — Telle est la mission que je dois remplir auprès de vous.

— Les études sont poussées aussi loin que possible dans mon institution, monsieur, — répondit madame Dubief, — et la preuve c'est que plusieurs de mes élèves ont passé leurs examens à l'Hôtel-de-Ville avec un brillant succès, et conquis à l'unanimité des boules blanches leurs diplômes d'institutrices. — Je pourrais en citer une vingtaine qui sont, à cette heure, ou maîtresses de pensions elles-mêmes, ou sous-maîtresses dans les institutions les plus accréditées... — Ma maison défie toute concurrence, je l'affirme avec un légitime orgueil... — L'enfant de qui vous parlez est-elle intelligente ?

— Intelligente et studieuse, oui, madame.

— Nous en ferons alors un brillant sujet...

— Quant à l'éducation religieuse?...

— Très développée, monsieur, sans l'être trop...

— Nous ne préparons point les jeunes filles pour
le couvent... Nous les rendons aptes à devenir
d'honnêtes et pieuses mères de famille...

— C'est ce qu'il faut... — Vos réponses sont jus‑
qu'à présent très satisfaisantes... — Il nous reste
à nous occuper de la question d'hygiène...

— Sous ce rapport, monsieur, mon établisse‑
ment est sans rival... — L'hôtel que j'ai converti
en pensionnat est vaste... Les dortoirs sont bien
aérés, et légèrement chauffés l'hiver... — Le jar‑
din, immense, est planté de grands arbres, livré
tout entier aux élèves pendant les récréations, et
l'exercice que les enfants y peuvent prendre con‑
tribue à leur développement physique... — Si vous
le voulez bien, monsieur, je vous ferai visiter les
salles d'étude, les dortoirs, le réfectoire et le jar‑
din.

C'était là ce qu'attendait le faux abbé Méryss.

— Au risque d'abuser de votre temps, — dit-il,
— j'accepterai la proposition que vous voulez bien
m'adresser... — Je serai très heureux de me ren-

seigner sur toutes choses par moi-même, et de répondre *de visu* à mon paroissien...

— Je suis à votre disposition, monsieur... — Nous allons commencer par les salles d'étude...

— Parfaitement, madame...

— Venez, monsieur l'abbé...

Verdier suivit madame Dubief.

Avec elle il entra dans les classes, chauffées comme toutes pièces de l'hôtel par un puissant calorifère.

Les enfants travaillaient sans bruit, sous l'œil vigilant des sous-maîtresses.

Après les classes vint le tour des dortoirs et du réfectoire.

Aucun détail n'offrait de prise à la critique, et le faux ecclésiastique ne tarissait point en éloges.

L'examen de l'intérieur étant terminé, il fallait voir le jardin.

Pour Verdier, — nous le savons, — c'était la seule chose importante; il avait subi tout le reste pour en arriver là.

Madame Dubief promena son visiteur sous les arbres séculaires s'étendant jusqu'à la muraille de clôture qui séparait le jardin du pensionnat de celui du petit hôtel habité par Lartigues.

D'un côté comme de l'autre cette muraille était couverte de lierre.

Le faux abbé Méryss avait le coup d'œil perçant.

De loin, à travers les branchages, il aperçut, ou plutôt il devina la porte qu'il voulait examiner. Il s'agissait de s'en approcher, sans témoigner une curiosité suspecte.

Quelques secondes de réflexion lui suggérèrent un expédient.

— Ce jardin est positivement très grand... — dit-il. — Il doit avoir au moins soixante mètres de profondeur sur cinquante de largeur...

— Il me semble que vous exagérez un peu... répondit madame Dubief en souriant.

— Si je me trompe, madame, c'est de bien peu de chose... — répliqua Verdier. — J'ai la prétention d'avoir le coup d'œil exceptionnellement juste... — Vous allez voir...

Il se plaça le long du mur, près des bâtiments, et il se mit à marcher en ligne directe vers la porte condamnée, en faisant des enjambées d'un mètre.

Il en compta soixante et demi. Madame Dubief le suivait de loin et se disait tout bas :

— C'est un original, cet abbé, mais il a l'air d'un bien brave homme.

Verdier s'était arrêté près de la porte qu'il touchait presque et, sans en avoir l'air, il l'examinait avec attention.

— Elle n'est point murée de ce côté.... — pensait-il. — Rien ne la condamne... rien ne peut l'empêcher de s'ouvrir... — C'est ce qu'il fallait savoir.

La maîtresse du pensionnat allait le rejoindre. Il ajouta tout haut :

— Eh bien, madame je m'étais trompé de fort peu de chose... — J'avais parlé d'une longueur de soixante mètres... Je trouve cinquante centimètres en plus... — Une bagatelle...

— Il est certain, monsieur, que vous avez le coup d'œil admirablement juste...

— Aussi j'en tire quelque vanité ! — Tout est satisfaisant ici, je suis enchanté, et je vous prie de croire que mon rapport à mon paroissien sera des plus favorables... — S'il ne vous confiait point sa fille, j'en serais bien surpris...

— D'avance je vous remercie.

— Il ne me reste qu'une question à vous adresser, madame...

— Relativement à quoi ?

— Au prix de la pension...

— Ce prix varie selon l'âge de l'élève et les développements de l'instruction... — Il va de mille à dix-huit cents francs...

— A merveille, madame...

— Voulez-vous une note écrite?

— Inutile... — Ceci est gravé dans ma mémoire, et ma mémoire vaut mon coup d'œil... — Dès demain je repartirai pour l'Ardèche... — Comptez donc, madame, que d'ici à très peu de jours vous recevrez une lettre de mon paroissien, se recommandant de moi et vous annonçant l'arrivée de votre nouvelle élève que sa mère accompagnera...

— Elle sera bien accueillie, monsieur l'abbé...

Tout en causant, madame Dubief s'était approchée de la porte de sortie avec Verdier.

Ce dernier tenait sans affectation sa main droite dans la poche de sa soutane.

Arrivé à la porte, il retira cette main et la posa sur la serrure comme pour ouvrir, mais il n'en fit rien et, s'adressant à la maîtresse de pension, il dit :

— Je dois vous apprendre mon nom, madame... je suis l'abbé Perrolas, desservant de Vives-Aygues ; mon paroissien se nomme Denis Chauffour, et sa fille Anastasie...

— Monsieur l'abbé Perrolas, je suis votre servante...

En prononçant ses dernières paroles Verdier avait eu le temps d'appuyer sur la serrure une plaque de cire à modeler qu'il tenait dans le creux de sa main.

L'empreinte était prise.

Il ouvrit la porte, salua madame Dubief et sortit, en ayant soin de replacer la cire molle dans sa poche à l'abri de tout contact.

Cinq minutes plus tard il était auprès de Lartigues.

— Eh bien? — lui demanda ce dernier.

— En cas de mauvaise chance la retraite est assurée... — répondit l'ex-forçat. — La porte du jardin n'est point condamnée de l'autre côté, et celle qui du pensionnat donne sur la rue de la Ville-l'Évêque est facile à ouvrir...

— Bon, mais il faudrait une clef, car il doit y avoir un concierge auquel je ne demanderai certes pas de me tirer le cordon.

— Nous aurons la clef...

— Comment?

— Tu la feras faire toi-même... — Voici l'empreinte de la serrure...

II.                    14

Et Verdier mit la plaque de cire molle sous les yeux de Lartigues.

— A merveille ! — dit ce dernier. — Tu penses à tout... Dès ce soir je me mettrai en mesure.

Après s'être donné rendez-vous pour le lendemain, les deux gredins se séparèrent.

## LVII

Nous avons laissé Simone quittant le pensionnat de la rue de la Ville-l'Évêque pour se rendre chez Gabriel Servet.

Le peintre était seul quand la jeune fille se présenta dans son atelier, et ce fut en termes touchants qu'elle le remercia de sa protection qui, jointe à celle de M. Bressolles et de Marie, lui avait valu son admission chez madame Dubief.

— Ma chère enfant, — lui répondit l'artiste, — personne au monde ne mérite plus que vous l'intérêt qui vient de vous être témoigné. — Je suis heureux, très heureux, du résultat de nos efforts.

— Vous voilà pour toujours à l'abri de tout souci,

de toute inquiétude... Votre avenir est assuré...

— J'ai le vif désir de témoigner ma gratitude à M. Bressolles et à sa charmante fille, — dit timidement Simone.

— Eh bien ! qui vous en empêche ? — demanda Gabriel.

— Je n'ose...

— Pourquoi ?

— Croyez-vous, monsieur Servet, que si je me présentais chez lui il ne trouverait point ma démarche inconvenante ?...

— Il la trouverait toute naturelle au contraire, et j'ai la certitude qu'il vous en saurait gré...

— Alors, je n'hésite plus... — Je vais faire à l'instant ma visite d'actions de grâces...

— Vous me semblez un peu fatiguée, ma chère enfant. — N'abusez pas de vos forces renaissantes. — Peut-être vaudrait-il mieux vous reposer aujourd'hui et remettre à demain...

— C'est que, demain, je serai obligée de prendre mon service dès le matin... — Je l'ai promis à madame Dubief.

— S'il en est ainsi, ne remettez pas... — Je profiterai de l'occasion pour vous prier de me rendre un petit service.

— Ah! monsieur Gabriel, quelle joie pour moi!

— De quoi s'agit-il ?

— Je viens d'écrire quelques lignes à M. Bressolles afin de lui dire que je suis en possession de ma toile et que je serai demain à ses ordres et à ceux de mademoiselle Marie pour la première séance du portrait... — J'allais envoyer ma lettre à la poste... — Chargez-vous de la remettre et dites à M. Bressolles que je lui saurai gré, si par hasard il ne pouvait venir demain, de m'en aviser par un mot...

— Votre commission sera faite et bien faite, monsieur Gabriel...

— Voici la lettre, mon enfant... Partez donc vite, car il se fait tard...

— J'aurais voulu vous demander encore autre chose... — murmura la jeune fille avec une hésitation manifeste.

— Quoi donc, ma chère Simone ?

— La permission de venir passer ici quelques minutes, mes jours de sortie, pour avoir de vos nouvelles...

— Je vous le permets de grand cœur, mon enfant, et je suis touché de votre désir...

— Oh! merci, monsieur Gabriel! Merci!! —

14.

s'écria l'enfant joyeuse. — Je pars... — Veuillez, je vous en prie, me rappeler au souvenir de M. de Gibray...

— Je le ferai dès demain matin...

Simone sortit pour se rendre à la demeure de M. Bressolles.

L'ex-architecte habitait, rue de Verneuil, un hôtel qui lui appartenait et qui, sans grande apparence extérieure, offrait au dedans toutes les recherches du confortable bourgeois.

Ludovic Bressolles, ayant des goûts simples malgré sa fortune assez ronde, menait une existence presque modeste et ne s'entourait point d'un nombreux domestique.

Il aimait à recevoir quelques amis, mais ne donnait ni dîners d'apparat ni soirées tapageuses et menait l'existence d'un bon propriétaire.

Cette existence, large mais point bruyante, déplaisait fort à madame Valentine Bressolles (née Dharville), qui depuis plusieurs années vivait en parfait désaccord avec son mari et l'accusait tout haut d'être un ours.

Valentine ne pouvant, à son vif regret, donner chez elle des fêtes à *grand tra-la-la*, s'en dédommageait de son mieux en allant beaucoup dans le monde où son mari se gardait bien de la suivre.

Ludovic Bressolles, après avoir entrepris vainement de lutter contre ses goûts ultramondains, lui laissait au dehors une liberté d'action complète.

Plus d'une fois des bruits quasi scandaleux, répandus dans les salons parisiens au sujet des légèretés de sa femme, étaient arrivés jusqu'à son oreille.

Il avait paru n'attacher à ces bruits aucune importance.

De cela il ne faudrait point conclure que l'honneur de son nom lui parût chose frivole ; mais n'ayant plus pour celle qui portait ce nom ni affection, ni estime, la sachant complètement dépourvue de sens moral, par conséquent incorrigible, il n'entreprenait point de lutter contre l'impossible, et laissait les rumeurs malveillantes tomber sans les relever.

Cependant, un beau jour, un incident se produisit qui lui fit envisager les choses à un point de vue tout différent.

Cet incident fut la sortie de pension de sa fille Marie.

Ce jour-là il se dit avec le gros bon sens dont il était amplement pourvu, que la conduite un peu

fantaisiste de la mère pouvait faire du tort à l'enfant, et il résolut de communiquer à madame Bressolles ses réflexions à ce sujet.

Cette résolution était bien arrêtée dans son esprit
et néanmoins il éprouvait une telle répugnance à
effleurer certains détails qu'il n'avait point encore
abordé le difficile entretien depuis trois mois, c'est-
à-dire depuis que Marie avait quitté le pensionnat
de madame Dubief.

Il n'était pas timide cependant, mais il prévoyait
une de ces scènes violentes que savent si bien faire
les femmes qui se sentent dans leur tort, avec
accompagnement de larmes, de sanglots, de crises
nerveuses.

Or, nous le répétons, Ludovic Bressolles aimait
le calme par-dessus tout, et il avait pour cela des
raisons de l'ordre le plus sérieux, car il suffisait
d'une perturbation dans la vie tranquille qu'il s'était
arrangée pour troubler sa santé d'une façon grave
et même inquiétante. — Certaines gens, jugeant sur
l'apparence, délivraient à Ludovic Bressolles un
brevet d'égoïsme. Ils se trompaient.

L'ex-architecte était un homme qui ayant souffert
beaucoup, essayait de ne plus souffrir.

Toujours malheureux dans son intérieur, il aurait

regretté avec une indicible amertume d'avoir en-
chaîné sa vie à une femme indigne de lui, si sa
fille qu'il adorait ne lui eût fait oublier la mère.

Ce fut Valentine elle-même qui provoqua l'entretien devant lequel il reculait toujours.

Madame Bressolles avait quarante ans sonnés,
mais il aurait été impossible de lui en donner plus
de trente.

C'était une très jolie femme, plutôt grande que
petite, à la taille fine et souple, aux cheveux châtain
doré d'une nuance chaude et d'une abondance
extraordinaire, aux traits fins, à la physionomie
mobile, aux grands yeux tour à tour rêveurs et
provocants.

Ses lèvres, un peu épaisses et d'un rouge de
cerises mûres, s'ouvraient sur de petites dents bien
rangées d'une blancheur éblouissante.

Le buste avait des contours exquis. — Des mains
patriciennes et charmantes s'attachaient à des bras
superbes que Valentine, en robe de bal, aimait à
montrer jusqu'aux épaules. Les pieds étaient de
pures merveilles à mettre sur une étagère avec des
bibelots précieux.

Au moral Valentine offrait un assemblage rare
des plus mauvaises qualités et des pires instincts.

Orgueilleuse, envieuse, pétrie de vanité, éprise du luxe, amoureuse du plaisir sous toutes ses formes, elle était aussi incapable d'une réflexion sensée que d'un bon mouvement et d'une affection vraie.

Elle avait épousé Ludovic Bressolles parce qu'elle le savait sur le chemin de la fortune et qu'elle rêvait avec lui un avenir selon ses goûts.

La désillusion ne se fit point attendre.

Valentine comprit au bout de quelques mois que jamais le hasard n'avait accouplé natures plus dissemblables et plus antipathiques l'une à l'autre que celle de son mari et la sienne.

Elle en prit immédiatement son parti, chercha le plaisir en dehors de chez elle, et ne ferma point du tout l'oreille aux doux propos de ses adorateurs.

La naissance de sa fille, au lieu d'être une joie, fut un chagrin.

Elle se dit que cette enfant en grandissant lui imposerait des devoirs dont son mari ne lui permettrait point de s'affranchir, et d'avance elle recula, pleine d'épouvante, devant l'accomplissement de ces devoirs.

Lorsque Marie sortit du pensionnat, elle n'éprouva pour elle qu'une froideur qui ressemblait beaucoup à de la répulsion.

Cette enfant de dix-huit ans, belle, charmante, éblouissante de fraîcheur, lui paraissait la vieillir horriblement et devenir par sa présence seule un obstacle aux excentricités de sa vie.

— Il faut obvier à cela le plus vite possible... — se dit-elle. — Mais comment ? — Je ne vois qu'un moyen, marier ma fille sans retard... — Seulement, pour le mariage il faut un mari... pour trouver un mari il faut se montrer... — Qu'on voie Marie, c'est l'essentiel... Elle n'est que trop jolie, elle sera riche et les épouseurs ne se feront guère attendre... — La montrer, c'est facile à dire... Je ne la conduirai certes pas dans le monde, où elle m'éclipserait et où mes courtisans m'abandonneraient pour devenir les siens. — Donc il importe que monsieur mon mari dépouille momentanément sa peau d'ours et se décide à ouvrir sa maison. — Il n'a jamais voulu le faire pour moi, mais il y consentira pour sa fille... — Je le forcerai bien d'ailleurs à s'y résigner...

Une fois cette résolution prise, Valentine l'exécuta sur-le-champ.

— Monsieur est-il dans son cabinet ? — demanda-t-elle au valet de chambre de son mari.

— Monsieur y était, il y a une demi-heure, — répondit le domestique, — et je ne crois pas que, depuis lors, il soit sorti...

Ludovic, quoique n'exerçant plus la profession d'architecte, avait conservé l'amour de cette profession. Il consacrait chaque jour quelques heures à dessiner des plans d'hôtels, des plans de palais, des plans d'églises, des plans de théâtres, qui ne devaient jamais exister que sur le papier.

Les tentures de son cabinet de travail disparaissaient sous les lavis et les aquarelles de sa composition représentant des monuments de toute nature, exécutés d'ailleurs avec un talent véritable.

Au moment où Valentine Bressolles, — (née Dharville), — ouvrit la porte de ce cabinet, dont elle franchissait rarement le seuil, et pour cause, Marie était auprès de son père.

## LVIII

— Mère, — s'écria la jeune fille en courant à Valentine et en l'embrassant, — que c'est gentil à toi de venir nous rejoindre ! — Y a-t-il longtemps que tu es rentrée ?

— Une demi-heure à peine, — répondit madame Bressolles en rendant avec une froideur manifeste le baiser que venait de lui donner Marie.

— Tu viens causer avec nous ?

— Avec ton père, oui, mon enfant.

— De choses sérieuses ? — fit Marie avec une petite moue.

— Oui.

— D'affaires, peut-être ?

— Précisément.

— Ce qui signifie que je ne dois point assister à l'entretien... Eh bien, je vous laisse ensemble, puisqu'il le faut... puisque je suis de trop entre vous.

La jeune fille embrassa son père en reprenant :

— Je vais dans la bibliothèque... quand votre conversation d'affaires sera terminée, je reviendrai... tâchez qu'elle ne soit pas trop longue.

Marie aimait-elle sa mère ?

Certes nous ne devons pas répondre négativement à cette question.

L'enfant avait un cœur trop bon, un esprit trop haut placé, pour éprouver à l'endroit de Valentine un sentiment de répulsion; mais elle ne se dissimulait point qu'un abîme existait entre la tendresse immense que lui inspirait son père, et l'affection toute de devoir qu'elle éprouvait pour sa mère.

Par le premier elle se savait adorée.

Par la seconde elle ne se sentait pas chérie.

Intérieurement elle souffrait de cette indifférence, mais elle cachait sa souffrance en elle-même avec une sorte de pudeur.

Elle sortit en jetant à M. Bressolles un regard qui pouvait se traduire ainsi :

— Finis-en vite avec les choses sérieuses, afin
que je puisse venir te rejoindre.

L'ex-architecte fit un signe de tête en souriant.

La porte s'était refermée derrière la jeune fille.

Le mari et la femme restèrent ensemble.

Valentine visitait rarement son mari dont l'appartement se trouvait fort loin du sien.

Ludovic fut donc quelque peu surpris de son
apparition.

— Que peut-elle me vouloir? — se demanda-t-il.
— Quoi qu'il en soit, elle vient d'elle-même m'offrir l'entretien devant lequel j'avais depuis trois
mois la faiblesse de reculer... — Je profiterai de
l'occasion.

— Vous êtes étonné sans doute, mon ami, —
commença Valentine, — de me voir, moi si frivole
d'habitude, réclamer de vous une conversation sérieuse?

— Étonné? — répéta Ludovic. — Pourquoi le
serais-je? Je me contente d'être enchanté, car
moi aussi je désirais vous parler sérieusement. —
De quoi s'agit-il?

— De notre fille.

— Merveilleuse sympathie !... c'est justement
à propos de Marie que je désirais causer avec vous.

— Voulez-vous me permettre d'exprimer la première mes idées ?

— Je vous le permets et je vous en prie, — répondit M. Bressolles, se félicitant *in petto* de n'avoir qu'à répondre au lieu d'entamer une explication qu'il prévoyait orageuse. — Allez... je vous écoute.

— Marie a dix-huit ans...

— Depuis deux mois...

— C'est une bonne petite fille...

— Dites qu'elle est accomplie sous tous les rapports !... — s'écria Ludovic avec feu. — Son âme est aussi belle que son cœur est exquis et que son visage est charmant !...

Valentine eut un rire sec et nerveux.

A coup sûr un tel éloge ne l'enthousiasmait nullement.

D'un ton presque ironique elle répliqua :

— C'est une merveille, j'en conviendrai tant qu'il vous plaira... Mais la voilà sortie de pension...

— Où elle n'avait plus rien à apprendre... — acheva Ludovic. — Son instruction est complète et madame Dubief la considérait comme une de ses meilleures élèves... — Il ne reste plus à s'occuper maintenant que de ce que j'appellerai *son éduca-*

*tion domestique*, et c'est à vous qu'il appartient de vous charger de ce soin... — Mais vous aimez peu la vie d'intérieur et cela vous semblera peut-être pénible...

— Je connais mes devoirs et je m'en acquitterai en bonne mère... — répondit Valentine d'un ton glacial. — Oui, je m'en acquitterai, malgré mon éloignement pour cette vie d'intérieur que vous n'avez pas su me rendre douce...

L'orage pouvait naître sur ces derniers mots.

Ludovic ne le voulut pas.

— Continuez... — murmura-t-il.

— Que comptez-vous faire de Marie, maintenant? — demanda Valentine.

— Ma chère amie, — dit M. Bressolles en souriant, — vous avez réclamé la parole tout à l'heure pour vous expliquer à ce sujet... — Donc la priorité vous appartient... je vous la laisse... — Exprimez vos idées d'abord... j'exprimerai les miennes ensuite...

— Soit... — Mes idées sont les plus simples du monde, et je serais surprise si vous ne les partagiez point... — Marie a dix-huit ans... elle est intelligente, instruite, bien douée sous tous les rapports... Cette charmante enfant doit devenir une femme accomplie... je pense qu'il faut la marier.

— Si jeune!!

— Dix-huit ans, c'est l'âge habituel, et rarement les filles bien dotées se marient plus tard.

— Je n'ai pas du tout la prétention d'imposer à notre enfant un homme qui me semblerait digne d'elle et qui ne lui plairait point... — Je me réserve de guider son choix, mais je veux qu'elle choisisse elle-même... — dit Ludovic.

— A ce sujet, je pense comme vous... — répliqua madame Bressolles.

— Eh bien?

— Eh bien! qui dit *choix* dit *comparaison*.

— Sans doute...

— Et, — continua Valentine, — vous ne supposez pas, j'imagine, que notre fille sera tentée de choisir parmi les deux douzaines d'amis, presque tous d'un âge plus que mûr, que vous recevez.

— A quoi voulez-vous en venir?

— Il me semble que vous devriez le deviner...

— Songeriez-vous par hasard à me demander l'autorisation de conduire Marie dans le milieu où je vous laisse aller seule? — demanda M. Bressolles d'un ton sec.

— J'y songe d'autant moins que je tiens à ce que

la présentation de Marie soit faite non par moi,
mais par vous... — C'est le rôle du père de présenter sa fille...

— Vous savez que je n'aime pas sortir...

— Je sais cela, mais je sais aussi que nous nous
devons à notre enfant. — Si instruite, si bien
élevée que soit Marie, il lui manque l'habitude
du monde dans lequel sa naissance, son éducation, sa fortune, l'appellent à vivre... — Marie doit
devenir une femme du monde... A nous de lui en
fournir les moyens. — Ai-je raison ?

—Oui et non... — répondit Bressolles avec une
nuance d'hésitation, car en somme le raisonne-
ment de Valentine ne manquait point de logique.
— Certes, vous avez raison à un point de vue qui
n'est pas le mien. Vous seriez dans le vrai si j'am-
bitionnais pour Marie une très brillante union...
un grand seigneur ou un homme célèbre ; mais j'ai
été toute ma vie un bon bourgeois sans prétention,
me contentant de travailler et d'administrer ma
fortune... Je crois que votre fille sera parfaitement
heureuse en restant une bonne bourgeoise. Or, les
honnêtes gens que vous appelez si dédaigneuse-
ment mes *deux douzaines d'amis* ont des fils, et
parmi ces jeunes gens nous avons toutes les

chances possibles de rencontrer un excellent mari.

— Soit ! mais encore faut-il que notre enfant les voie, ces jeunes gens... Nous ne pouvons la mener de porte en porte en disant : — *Voilà ma fille que je veux marier.* — *Si elle vous plaît mettez-vous sur les rangs et faites votre demande.*

Pour si exagérée qu'elle fût, l'image ne manquait point de justesse.

Ludovic Bressolles le sentit bien et se mordit les lèvres.

Que répondre de concluant ?

Il n'avait nullement prévu que l'adroite Valentine amènerait la conversation sur ce terrain.

— Comment s'y prendre ?... — murmura-t-il, parlant à lui-même plutôt qu'à sa femme.

Celle-ci répondit vivement :

— Mettre de côté, pour l'amour de votre fille, vos manies casanières... — c'est bien facile...

— Aller dans le monde !! — s'écria M. Bressolles.

— Recevoir du monde, surtout.

— Ce serait bouleverser mon existence !! — Y pensez-vous, ma chère ?

— Certes, j'y pense... — Il s'agit de Marie... Et

d'ailleurs vous n'êtes pas d'âge à vous isoler ainsi...

— Ouvrez votre maison...

— Aux gens qui vous plaisent?... à vos amis?...

— Je ne vous parle pas de mes amis, je vous parle des vôtres... des gens de votre choix, et de leurs fils... — Cela dérangera vos habitudes, je le sais bien, mais agir autrement serait de l'égoïsme...

— Pourriez-vous hésiter à faire un sacrifice dans l'intérêt de notre fille?

— Il faudrait tout bouleverser dans l'hôtel... — augmenter notre train de maison... nous mettre sur un pied d'étiquette auquel je n'entends rien...

— Je vous aiderai de mes conseils... — L'hiver est à peine commencé... — En huit ou dix jours je me charge de mener à bien les modifications nécessaires... — Il vous restera plus de deux mois pour recevoir.

— Cela coûtera les yeux de la tête ! — balbutia Ludovic douloureusement.

Valentine haussa les épaules.

— Il serait honteux de faire intervenir ici la question d'argent!... — répliqua-t-elle. — Vous êtes riche et vous ne dépensez pas vos revenus !...

— Vous savez bien que si j'économise c'est afin d'augmenter la dot de notre fille.

15.

— A quoi lui servira cette dot si vous ne faites rien pour la marier?

On frappa doucement à la porte du cabinet, cette porte s'entr'ouvrit et Marie passa dans l'entre-bâillement sa jolie tête souriante et mutine.

— Les affaires sérieuses sont-elles terminées? — demanda-t-elle.

— Non, mignonne... — répondit M. Bressolles.

— Alors, il faut retourner à la bibliothèque?...

— Entre, au contraire... — Nous sommes divisés sur un point, ta mère et moi, et comme la chose te regarde c'est toi qui vas nous mettre d'accord...

## LIX

— Ah ! — s'écria Marie en franchissant le seuil.
— Je ne demande pas mieux!... Si je pouvais vous
mettre d'accord toujours, quel bonheur!!

— Tu le pourras du moins cette fois... — interrompit l'ex-architecte... — Il ne s'agit que de répondre d'une façon très franche à la question que
je vais t'adresser.

— Une question ? — répéta la jeune fille.

— Oui, celle-ci : — Te plairait-il d'aller dans le
monde et de nous voir donner ici des soirées, des
bals ?

— S'il te plaisait de recevoir tu n'as pas besoin
de mon avis pour cela... — répondit Marie ; — tout
ce que tu ferais serait bien fait.

— Ceci est éluder la question et non la résou-
dre... — Ne t'occupe pas de moi, mais de toi... —
reprit Ludovic Bressolles... — Désirerais-tu que
chaque semaine il y eût chez nous soit un concert,
soit une sauterie au piano ? Te serait-il agréable de
nous voir accepter des invitations ?

— Tu m'as demandé la franchise ? — fit la jeune
fille en souriant.

— Et je te la demande encore.

— Eh bien ! oui, tout cela me serait agréable...
— Je ne suis point du tout sauvage et j'aimerais le
monde...

— Bref, la vie mouvementée et bruyante a de
l'attrait pour toi ?

— Oui, papa.

— Et, qui inviterions-nous ?...

— Je n'en sais rien... Cela regarderait ma mère
et toi...

— Quoi ! tu n'as pas un invité à me proposer ?...

— Si... — dit vivement la jeune fille, — j'en ai
un... — Le peintre qui va faire mon portrait... —
Le recevriez-vous ?

— Mais, certes ! — répliqua Ludovic Bressolles.
— Il est charmant et il est célèbre, ce qui lui constitue un double titre à une invitation.

En parlant de Gabriel Servet, Marie avait un but,
et marchait vers ce but avec ce que nous pourrions
appeler la *rouerie d'une ingénue*.

Ce n'est point au maître qu'elle pensait, mais à
l'élève qu'elle n'osait nommer.

Elle se souvenait d'Albert de Gibray, qui pour la
première fois avait fait battre son cœur, et vaguement elle espérait qu'à la suite de Gabriel il pourrait avoir son entrée dans la maison.

— Du reste, — reprit Valentine, — je dresserai
une liste que je soumettrai à ton père et, maintenant qu'il devient raisonnable, je suis sûre que
nous nous entendrons très bien.

— J'en suis sûre aussi ? — s'écria Marie en bat-
tant des mains, — et c'est vraiment une charmante
idée que vous avez eu là tous les deux... — Père,
il faut que je t'embrasse...

Ludovic Bressolles reçut le baiser filial d'un air
soucieux. Il songeait que Marie, prise pour arbitre
entre lui et Valentine, et donnant raison à cette
dernière, venait de bouleverser d'un mot sa vie
qu'après tant de luttes il était parvenu à rendre si
calme.

Sa fille ayant parlé, il ne lui restait qu'à se soumettre.

Il poussa un gros soupir et prit son parti.

— Eh bien ! — dit-il d'un ton qu'il essayait de
rendre gai, mais qui n'en restait pas moins un peu
mélancolique, — eh bien ! puisque l'idée est bonne,
nous la réaliserons sans retard... — Dès demain je
ferai commencer ici quelques travaux indispensables au point de vue des réceptions futures.

— Il faudra mettre des lustres partout ! — s'é-
cria Valentine qui, voyant son procès gagné, rayonnait de joie.

— On mettra des lustres... — murmura l'ex-
architecte avec résignation, — et j'irai me commander un habit neuf.

— Moi, je m'occuperai des toilettes de Marie...
— ajouta madame Bressolles.

Le valet de chambre entra dans la pièce où le
précédent entretien venait d'avoir lieu.

— Qu'y a-t-il ? — lui demanda Ludovic.

— Monsieur, c'est une lettre adressée à monsieur par M. Gabriel Servet, de la rue Vavin...
— Cette lettre a été apportée par une jeune
fille... — La jeune fille est là... Elle désirerait beaucoup voir monsieur ainsi que mademoiselle.

— A-t-elle dit son nom ?

— Oui, monsieur... — Elle s'appelle Simone.

— Simone !... — répéta Marie. — Papa, c'est notre protégée... — Mère, c'est la jeune fille dont je t'ai parlé... cette pauvre enfant si douce, si travailleuse, si résignée, qui vient d'être très malade et que nous avons recommandée pour un emploi de lingère à madame Dubief...

— Une ouvrière ! — fit Valentine d'un ton dédaigneux. — Vous vous êtes intéressés à elle... Elle vient quémander à domicile quelques secours. — Je suppose que vous n'allez pas la recevoir ici !

— Nous la recevrons certainement, — répliqua Ludovic, — et je vous assure que quoique d'humble condition, et travaillant pour vivre, c'est une charmante enfant qui ne serait déplacée nulle part.

Puis, s'adressant au valet de chambre, il ajouta :

— Amenez cette jeune fille.

Le domestique sortit.

Ludovic tenait à la main la lettre apportée par Simone.

— Vois donc ce que t'écrit M. Servet, — dit Marie ; — il t'indique sans doute le jour où je pourrai poser.

L'ex-architecte déchira l'enveloppe.

— En effet... — répliqua-t-il après avoir lu. — A demain la première séance.

— Quel bonheur ! — s'écria joyeusement Marie.

Notre franchise de narrateur nous oblige à convenir que la pensée de revoir Albert de Gibray dans l'atelier de la rue Vavin causait les neuf dixièmes de cette joie.

— Alors, — demanda Valentine, — ce monsieur Servet a du talent ?...

— Beaucoup, et sa réputation déjà brillante grandit chaque jour...

— Exposera-t-il le portrait de Marie ?

— Il n'en a point parlé, mais je ne le désire pas, et cela me semble au moins inutile...

— Inutile ! — répéta Valentine avec aigreur. — Voilà bien votre façon ridicule de juger les choses !!! — Je suis d'un avis diamétralement opposé au vôtre... — Si ce portrait est réussi... si c'est une belle œuvre... enfin s'il peut nous faire honneur, je tiens à ce que M. Servet l'expose et à ce que notre nom figure au livret...

— Nous discuterons cela plus tard... — répliqua Ludovic en haussant les épaules.

Le valet de chambre venait de reparaître, apportant une lampe qu'il posa sur un meuble, et précédant Simone.

La jeune fille entra, très émue, et salua timidement.

Marie courut à elle en s'écriant :

— Ah ! mademoiselle Simone, que c'est gentil à vous d'avoir voulu nous apporter vous-même cette lettre, et combien je vous remercie...

— J'ai tenu à m'en charger, mademoiselle... — répondit l'ouvrière. — Elle me fournissait un prétexte pour me présenter à l'hôtel de monsieur votre père... — Je n'aurais pas osé sans cela.

— Vous auriez eu bien tort, mon enfant, car nous sommes enchantés de vous voir... — répondit l'ex-architecte. — Vous venez sans doute nous parler de madame Dubief ?

— Oui, monsieur...

— Vous a-t-elle écrit ?

— Elle m'a écrit hier, oui, monsieur... — Aujourd'hui elle a bien voulu me recevoir, et je viens vous témoigner toute ma gratitude pour votre généreuse protection...

— Êtes-vous acceptée ?... — demanda Marie.

— Oui, mademoiselle.

— Ah ! que j'en suis heureuse ! — Quand devez-vous entrer en fonctions ?

— Dès demain matin... et, comme je serai quelque temps sans sortir, j'ai voulu, avant la fin d'une journée qui comptera dans ma vie, venir vous remercier de toute mon âme d'un bonheur que je vous dois.

Valentine assistait à l'entrevue.

Indifférente et froide, ou plutôt hostile, elle regardait la jeune fille avec un visible dédain.

Tandis qu'elle l'entendait parler, un sourire moqueur crispait sa lèvre.

Elle ne s'expliquait pas que son mari et sa fille eussent le mauvais goût de s'intéresser à cette enfant qu'amaigrissaient le travail et la souffrance.

Les touchantes paroles prononcées par Simone ne lui causaient aucune émotion.

— Comédie que tout cela ! — pensait-elle. — Dé belles phrases apprises pour piper des dupes, et pas autre chose !

Ludovic Bressolles, lui, éprouvait ainsi que Marie un attendrissement réel, et sa protégée lui paraissait de plus en plus sympathique.

— Vous avez bien fait de venir aujourd'hui, mon enfant... — dit-il. — Soyez certaine que nous vous en savons un gré infini... — Chaque fois qu'il vous sera possible de nous donner un instant, nous serons heureux de vous recevoir...

— J'espère bien que vous n'en doutez pas ?... — ajouta Marie.

— Vous êtes orpheline, je crois, petite... — dit Valentine tout à coup.

Simone tressaillit et devint un peu rouge en entendant la question de cette dame qui, jusqu'à ce moment, l'avait regardée d'une façon presque méprisante.

— Orpheline, oui, madame... — murmura-t-elle; — du moins je le crois... — Mes parents n'ayant pas daigné me reconnaître, je ne sais s'ils existent...

— En vérité ! — fit madame Bressolles. — Enfant naturelle, alors ?

— Oui, madame.

— Que vous importe cela ?... — demanda l'ex-architecte pour rompre un entretien pénible.

— Laissez donc... — dit Valentine, — je cause avec mademoiselle...

Puis elle reprit :

— Quel âge avez-vous ?

— Vingt-deux ans, je crois.

— Êtes-vous née à Paris ?

— Je l'ignore...

— Où avez-vous été élevée ?

— En province...

— Par qui ?

— Par une nourrice à laquelle on m'avait con-
fiée.

— Vos parents, sans doute ?

— Un homme qui vint frapper, la nuit, à la
porte d'une paysanne, ma nourrice, à qui il me
laissa...

## LX

En entendant les dernières paroles de la protégée de Marie, madame Bressolles avait involontairement froncé les sourcils.

Mais il ne lui fallut que la vingtième partie d'une seconde pour dissimuler son agitation intérieure, et elle demanda :

— Vous n'avez jamais revu cet homme ?

— Jamais, madame.

— Mais du moins il apprit à cette paysanne comment il fallait vous appeler?... Il lui laissa la somme nécessaire pour l'indemniser de ses soins ?

— Il laissa une somme dont j'ignore le chiffre, oui, madame, et il s'engagea à envoyer de l'argent

à des époques fixes... — du moins la paysanne me
l'a dit.

— Sans doute, il tint cette promesse ?

— Pendant quelques années, oui, madame, puis
l'argent, paraît-il, cessa d'arriver. — Quant à mon
nom, l'homme avait dit à ma nourrice de m'appeler Simone tout court.

Valentine aurait voulu questionner encore, mais
elle ne le pouvait en présence de son mari.

Le court récit de Simone venait de réveiller en
elle un souvenir endormi depuis vingt-deux ans.

Certes elle n'admettait point la possibilité que
cette jeune fille fût l'enfant de sa première faute,
l'enfant enlevé par son frère Armand Dharville
vingt-deux années auparavant et dont elle n'avait
jamais entendu parler depuis lors, mais l'identité
de situation entre Simone et sa propre fille piquait
sa curiosité.

— Tout cela est fort intéressant, — fit-elle, —
cela ressemble à un roman. — Peut-être un jour
retrouverez-vous votre famille, quoique cela me
paraisse peu vraisemblable... — En attendant,
mademoiselle, je vous engage à vous bien conduire, afin que mon mari et ma fille n'aient point
à se repentir de s'être occupés de vous... — On ac-

corde trop souvent sa protection à des gens qui ne
le méritent aucunement... tâchez qu'il n'en soit
point ainsi...

Simone devint pourpre.

Ses yeux se remplirent de larmes.

Les paroles de Valentine, et surtout le ton avec
lequel elles avaient été prononcées, produisaient
sur la pauvre enfant l'impression la plus pénible.

Ludovic Bressolles s'aperçut de cette impression
et voulut l'atténuer.

— Mademoiselle Simone est une honnête fille
et l'a prouvé !! — dit-il. — Avec elle il n'y a rien
à craindre... — Sa conduite sera dans l'avenir ce
qu'elle a été dans le passé... — Adieu, mon enfant,
merci de votre visite, et n'oubliez pas que nous
serons heureux de vous voir le plus souvent possible...

Simone, encore troublée, balbutia quelques paroles de gratitude et sortit accompagnée de Marie,
qui voulut la reconduire jusqu'au vestibule.

— Pourquoi vous être montrée si dure avec
cette jeune fille? — demanda-t-il à Valentine.

— Est-ce être dure que de dire la vérité?...

— Oh! la vérité...

— Sans doute... — Votre protégée me fait l'effet

d'être une adroite intrigante, et vous êtes la dupe
de ses grands airs de vertu...

— Pourquoi toujours soupçonner le mal?

— Parce que je suis moins naïve que vous.

— Peut-être aussi parce que vous ne croyez pas
au bien... — murmura l'ex-architecte avec amertume. — Je viens de céder à vos désirs...

— Non pas aux miens... — interrompit Valentine, — à ceux de Marie...

— Soit... — Enfin, j'ai cédé... — Je vais changer
ma manière de vivre, et voir un monde qui ne
m'inspire ni sympathie, ni estime... — Je me ré-
signe, puisqu'il paraît que c'est indispensable pour
marier ma fille. — Donc, adieu ma tranquillité!...
Nous recevrons ici... Nous irons chez les autres...
C'est entendu mais n'oubliez pas, qu'au risque de
vous sembler un sauvage, il est des choses que
dans notre nouveau genre de vie je refuserai formellement d'admettre... — Depuis plusieurs années votre existence côtoie la mienne, sans s'y
mêler... — Je vous laisse une liberté complète...—
Comment en usez-vous?... Je n'ai jamais voulu
le savoir, et quand certains bruits scandaleux
m'arrivaient du dehors, je fermais les oreilles pour
ne pas les entendre... — Il ne peut plus en être de

même aujourd'hui que la vie commune va recommencer... — Vous êtes encore jeune, vous êtes toujours belle et vous aimez qu'on vous courtise...
— Souvenez-vous que je prétends être respecté chez moi, et chez les autres quand nous y serons ensemble... souvenez-vous que je ne veux pas être ridicule... ,Vous entendez ! je ne le veux pas !! — Tenez-vous cela pour dit, chère amie, sinon l'ours, comme vous m'appelez, montrerait ses griffes !...

Valentine avait écouté, sans donner le moindre signe d'étonnement ou d'inquiétude, la sortie vigoureuse de son mari.

Quand il eut achevé elle eut aux lèvres un singulier sourire, ses paupières se plissèrent et ses narines palpitèrent.

Elle allait parler.

L'ex-architecte ne lui en laissa pas le temps.

— A quoi bon mé répondre ? — dit-il. — Les bonnes raisons à donner vous manquent, vous le savez aussi bien que moi, et vous vous laisserez entraîner à des paroles blessantes par votre esprit railleur... — A quoi cela vous mènera-t-il ? — A de stériles discussions qu'il vaut mieux éviter...
— Croyez-moi, ma chère, vivons d'accord puisque nous allons poursuivre un but commun, le mariage

de notre fille... — Une fois l'enfant mariée, il nous restera bien assez de temps pour nous traiter en ennemis si nous jugeons que l'harmonie est décidément impossible... — Est-ce entendu?

— C'est entendu... — répondit Valentine.

— A la bonne heure !...

— Et vous allez vous occuper des travaux nécessités dans l'hôtel par vos futures réceptions ?

— Dès demain, je vous le promets, et tout sera prêt dans peu de jours.

Madame Bressolles se retira triomphante.

Elle avait atteint son double but : — se débarrasser de sa fille, à bref délai, par un mariage, et donner à ses adorateurs leurs grandes entrées dans la maison de son mari.

\*
\* \*

Octavie, de même que Maurice, avait reçu un billet du petit baron Pascal de Landilly.

Ce billet, très laconique, l'invitait à dîner chez Brébant pour le soir même, sans lui dire en l'honneur de qui avait lieu le dîner et quels en seraient les convives.

Elle s'était demandé si elle accepterait une si cavalière invitation.

La jeune femme avait le système nerveux effroyablement agacé, et pour cause.

L'arrestation du comte Yvan, dont elle se croyait certaine d'avoir conquis le cœur et par conséquent les millions, s'était passée sous ses yeux avec la soudaineté terrifiante d'une catastrophe.

La nuit suivante elle n'avait pas fermé l'œil, et pendant son interminable insomnie elle se posait sans relâche cette énigme insoluble :

— Ce personnage est-il un faux Russe, un faux comte, un faux millionnaire, bref un dangereux aventurier justement arrêté? — Est-il, au contraire, un honorable et riche gentilhomme victime d'une erreur?

A cela, naturellement, elle ne pouvait répondre...

Elle se leva tard, dans cet état d'énervement complet que nous avons déjà constaté, fut grossière avec sa femme de chambre — (qui d'ailleurs le lui rendit bien !) — trouva son déjeuner détestable, brutalisa sa cuisinière, injuria son cocher qui venait *aux ordres*, déclara qu'elle ne s'habillerait point, qu'elle ne sortirait pas, s'enferma dans son boudoir et défendit de recevoir qui que ce fût, sans exception, et même de venir frapper à la porte.

Pascal de Landilly fut donc évincé, mais il laissait un mot, et la femme de chambre viola résolument la consigne pour remettre ce mot à *madame*.

Octavie lut la courte épître et la jeta au feu en se disant :

— Je n'irai pas.

La femme de chambre restait debout, en face de sa maîtresse :

— Qu'est-ce que vous attendez ?... — demanda la jeune femme.

— Madame dînera-t-elle ici ?

— Est-ce que ça vous regarde ?... Fichez-moi la paix !...

— Bien, madame, c'est la cuisinière qui voudrait savoir...

— En voilà assez ! Fichez-moi le camp !...

— Bien, madame.

Et la cameriste sortit en se mordant les lèvres pour ne pas rire.

A six heures et demie Octavie sonna violemment.

La femme de chambre reparut, impassible et correcte.

— Madame désire ?

— M'a-t-on fait à dîner ?

— Non, madame... — Madame n'ayant pas donné d'ordres...

— C'est bien... — Je dînerai dehors... — Venez m'habiller...

— Quelle robe désigne madame ?...

— Celle que j'avais hier...

— Faut-il se mettre en quête du cocher et faire atteler ?...

— Inutile... On ira me chercher une voiture de remise... — A propos, ma fille, — ajouta la pécheresse en changeant brusquement de ton, — est-ce que je ne t'ai pas bousculé un peu ce matin ?

— Si, madame... mais pas un peu... très fort... très fort... — Ah ! madame était bien en colère... — Madame m'a dit des choses dures... cependant je n'avais rien fait à madame...

Et la camériste, tirant de sa poche un mouchoir, fit semblant d'essuyer ses yeux parfaitement secs.

— Ne pleure pas... — dit Octavie — tu sais bien comme je suis... — Quand j'ai un ennui, je crie... mais, la main tournée, je n'y pense plus...

— Il est certain que madame est bonne... mais très vive...

16.

— Je te fais cadeau de mon costume violet presque neuf...

— Et aussi du chapeau qui va avec?

— Aussi du chapeau...

— Oh ! merci , madame...

— J'espère que tu es contente...

— Si je suis contente ? Ah ! je le crois bien !!

— Alors, habille-moi vite...

— Ce sera l'affaire de cinq minutes...

Octavie se mit à fredonner l'air d'un rondeau
d'opérette.

Les humeurs noires étaient passées.

A huit heures moins un quart la jeune femme,
vêtue de point en point comme la veille, monta
dans la voiture de remise qu'on était allé chercher
pour elle, et donna l'ordre de la conduire chez
Brébant.

Une douzaine de personnes se trouvaient déjà
réunies dans le petit salon attenant à la salle où
l'arrestation du jeune Russe avait eu lieu le soir
précédent.

## LXI

Octavie franchit le seuil et poussa un cri de joie.

Le comte Yvan, qu'elle croyait dans une cellule de Mazas ou de la Conciergerie, était là, debout, tournant le dos à la cheminée et racontant la méprise dont il avait été victime.

Maurice, arrivé depuis un quart d'heure, prêtait à ce récit une oreille attentive et, tout en écoutant, se disait qu'il n'avait point fait fausse route dans ses suppositions.

La police se trouvait dépistée aussi complètement qu'on le puisse être.

Elle voulait à toute force que l'assassin eût des cheveux et des favoris blonds.

Donc, aucun soupçon ne pouvait l'atteindre.

Le dîner fut gai et se prolongea jusqu'après minuit.

On ne joua point.

Vers une heure du matin le comte partit avec Octavie, afin d'aller discuter chez elle les principaux articles du traité d'alliance dont ils avaient, l'avant-veille, ébauché les préliminaires.

Ce fut non seulement sans jalousie, mais avec joie, que Maurice les vit disparaître ensemble.

Cette liaison naissante enchantait le jeune homme.

Il avait réfléchi longuement aux sages conseils donnés par le faux abbé Méryss.

Il se disait que neuf fois sur dix on se trouvait compromis, sinon perdu, par les femmes, et la conclusion de ses raisonnements était que le comte Yvan lui rendrait un fier service s'il lui permettait, en absorbant complètement Octavie, de briser une chaîne qu'il commençait à trouver pesante.

Le lendemain, — (ainsi que cela avait été convenu la veille), — il se rendit à dix heures du matin rue de Suresnes.

Verdier s'y trouvait déjà.

Il venait de recevoir une lettre de Londres en

réponse à la sienne sur le cas de Maurice, et il l'avait communiquée à Lartigues.

Michel Brémont rendait pleine justice à la prodigieuse habileté du jeune scélérat, ce qui ne l'empêchait point de déplorer son admission dans la mystérieuse société dont Maurice avait surpris l'existence.

Il conseillait néanmoins de l'accepter, — puisqu'il semblait impossible de faire autrement, — mais de le mettre en avant en toute occasion, de le surveiller de très près et de le supprimer sans miséricorde à la moindre velléité de révolte contre les règles de l'association.

Il recommandait ensuite de conduire avec la plus grande promptitude l'affaire de l'héritage Dharville ; — les deux héritières devant avoir disparu dans un délai très bref afin qu'il fût possible aux CINQ de se partager les millions.

— Eh bien... — demanda Maurice en entrant. — la lettre que vous attendiez d'Angleterre est-elle arrivée ?

— Oui.

— M'est-elle favorable ?...

— Après la manière dont j'avais écrit à votre sujet, elle ne pouvait être défavorable. — Vous êtes admis... — A partir d'aujourd'hui vous aurez votre part des charges et des bénéfices de la communauté... — Voilà qui est entendu... — Occupons-nous de l'affaire Dharville... — Michel Brémont nous enjoint de la mener très vivement... — Avez-vous fait relever l'acte de naissance de Simone ?

` — Demain matin il me sera remis dûment légalisé.

— Alors, aussitôt après, vous partirez pour Vic-sur-Braisnes...

— Très bien, mais il me semble dangereux de produire là-bas l'acte de naissance de l'enfant... — Le nom de famille pourrait un jour donner l'éveil à ces gens-là, si l'histoire de l'héritage s'ébruite...

— Aussi n'en ferez-vous usage que contraint et forcé...

— Comment l'entendez-vous ?...

— Si par exemple la nourrice contestait l'existence de l'enfant et prétendait ne l'avoir jamais reçu... — la pièce authentique vous permettrait de parler haut... — Enfin, agissez avec prudence...

— Cela, je vous le promets...

— Vous avez écrit le nom de la nourrice ?

— Claudine Charvet, oui... — Seulement il est
un cas qu'il faut prévoir...

— Lequel?

— Cette femme peut être morte...

— Sans doute, mais elle aura laissé dans le pays
des parents, ou au moins des voisins qui vous ren-
seigneront... — I n'y aurait rien d'étonnant à ce
que la jeune fille elle-même fût restée à Vic-sur-
Braisnes.

— Qu'elle y soit ou qu'elle n'y soit pas, je me
charge de la découvrir... — Devrai-je correspondre
avec vous?

— Non... non... pas de lettres... — Une lettre
s'égare et vous met dans l'embarras jusqu'au cou!
— Votre voyage sera, selon toute apparence, de
très courte durée... — Nous attendrons votre retour pour avoir des nouvelles.

— C'est convenu.

Lartigues intervint.

— Si la jeune fille n'était plus à Vic-sur-Braisnes,
— dit-il, — et si vous aviez de sérieuses raisons
de supposer qu'elle se trouve dans les environs, il
faudrait continuer immédiatement vos recherches...

— Je n'aurais pas manqué de le faire... — répliqua Maurice.

— Dans ce cas, mais dans ce cas seulement, vous écrirez, afin que nous ne soyons pas inquiets de votre retard...

— A qui adresserai-je ma lettre ?

— Au capitaine Van Broecke, rue de Suresnes, et vous aurez soin qu'il ne se trouve point dans votre épître un seul mot compromettant...

— D'ailleurs, et pour plus de sûreté, je me servirai de la *grille* qui est entre mes mains et dont vous avez certainement un double...

— Ce sera fort sage... — ne manquez pas d'emporter des fonds...

— Oui... quelques billets de mille francs seront peut-être utiles pour délier les langues...

— Voulez-vous de l'argent ?

— Inutile... j'en ai... J'avancerai ce qu'il faudra...

— C'est cela... — Au retour vous nous présenterez votre compte et vous serez remboursé de vos dépenses.

— Pas autre chose à me dire ? — Pas de recommandations à me faire ?

— Non...

— Je vous laisse alors et je partirai demain...

— C'est cela... — Partez... et bonne chance !...

Maurice quitta la rue de Suresnes et se rendit chez madame veuve Rosier, beaucoup plus connue jadis sous le nom d'Aimée Joubert.

Il l'avait vue l'avant-veille, nous le savons ; mais, au moment de s'éloigner de Paris, il voulait lui faire ses adieux, si courte que dût être son absence.

Elle était à table quand il arriva rue de Provence, vers onze heures.

— Viens-tu déjeuner avec moi, mon cher enfant ? — lui demanda-t-elle après l'avoir embrassé.

— Non... Je viens vous dire : *Au revoir !*

— Tu quittes Paris ? ? — s'écria madame Rosier en devenant un peu pâle. — Est-ce que tu pars déjà en voyage avec ton Hollandais ?...

— Non... je pars seul... et il s'agit d'une toute petite absence car je reviendrai dans deux ou trois jours...

— Où vas-tu ?

— Au Havre... — répondit Maurice sans hésiter.

— Dans quel but ?

— Dans le but de relever, au commissariat de la

II.                              17

marine, quelques notes dont mon capitaine a besoin pour son grand ouvrage.

Maurice jugeait prudent, on le voit, de ne prononcer ni le nom dont Pierre Lartigues s'était affublé, ni le nom du pays où il se rendait lui-même.

Madame Rosier avait en Maurice une confiance illimitée.

Tout ce qu'il lui disait devenait pour elle paroles d'évangile.

Pourquoi d'ailleurs l'aurait-elle soupçonné de mentir, puisqu'elle ne pouvait deviner le but de ses mensonges?...

— Tu ne seras vraiment éloigné de Paris que pendant deux ou trois jours? — reprit-elle.

— Je vous l'affirme...

— Je sais bien qu'un court voyaye en chemin de fer n'est point dangereux, mais je suis toujours inquiète... il y a les déraillements, les rencontres de trains... — En arrivant tu m'écriras pour me rassurer...

Maurice se mordit les lèvres.

La précaution qu'il venait de prendre une minute auparavant tournait contre lui.

Ecrire était impossible, puisqu'il prétendait aller

au Havre et que sa lettre porterait le timbre de Vic-sur-Braines.

Il fallait trouver une échappatoire.

— Si vous y tenez absolument, je vous jetterai deux lignes à la poste... — dit-il en riant, — mais, entre nous, pour une absence de deux jours c'est presque ridicule. — Je ne sais même pas si je resterai deux jours... — En quelques heures je puis avoir pris mes notes et revenir aussitôt.

— Alors, je n'insisterai pas... — murmura madame Rosier. — Tu as raison... j'ai des inquiétudes ridicules... — Mais si tu restais plus de deux jours, tu m'écrirais ?

— J'en prends l'engagement, — dit Maurice.

Il ajouta tout bas :

— Je trouverai un moyen...

— Veux-tu venir dîner avec moi aujourd'hui ? reprit l'ex-Aimée Joubert. — Oh ! ne refuse pas... tu me ferais de la peine... il y a si longtemps que nous n'avons passé une bonne soirée ensemble...

— Eh bien, j'accepte...

— Vrai ?

— Et avec le plus grand plaisir... — Ce soir je suis complètement libre...

— Tu n'arriveras pas trop tard ?

— Je serai ici à six heures précises...

— Tu es gentil et tu en seras récompensé... — Je te ferai faire un joli dîner comme je sais que tu les aimes... — Rien que des petits plats fins...

Maurice se mit à rire.

— Les petits plats fins seront les bien accueillis... — répliqua-t-il. — Mais ce n'est point pour eux que je viendrai... C'est pour vous, bonne amie...

Madame Rosier allait répondre à cette phrase gracieuse.

Un coup de sonnette lui coupa la parole.

Presque en même temps entra la servante.

## LXII

— Qu'y a-t-il? — demanda madame Rosier.

— Une lettre apportée pour madame par un com-missionnaire.

— Donnez.

L'ex-Aimée Joubert prit l'enveloppe que tenait la bonne et jeta un coup d'œil sur la suscription.

Ce coup d'œil fut suivi d'un tressaillement léger que Maurice ne remarqua pas.

Dans un des angles de l'enveloppe était tracé un signe visible pour elle seule, ou plutôt n'offrant de sens que pour elle.

— Je sais... je sais... — dit-elle à demi-voix, comme se parlant à elle-même; — ça n'a pas d'im-portance... pas la moindre.

Et, avec une apparente négligence, elle jeta la lettre sur la table, sans l'ouvrir.

Maurice s'était levé et avait pris son chapeau.

— Tu pars déjà ? — s'écria madame Rosier.

— J'ai beaucoup d'affaires... Il faut que j'aille au journal.

— A ce soir, alors ?

— Oui, à ce soir, six heures précises...

— Surtout ne te mets pas en retard !...

— Comptez sur mon exactitude...

Le jeune homme embrassa madame Rosier et sortit.

A peine la porte venait-elle de se refermer derrière lui que la maîtresse du logis reprit d'une main fiévreuse la lettre jetée sur la table, déchira l'enveloppe et déploya la feuille de papier contenue dans cette enveloppe.

— Du parquet... — murmurait-elle. — Qu'est-ce que cela signifie?... Que me veulent-ils donc ?...

Pour le savoir, il suffisait de lire.

Elle lut les lignes suivantes :

« *Par ordre du procureur de la République du département de la Seine, M. Paul de Gibray, juge d'instruction, prie madame Rosier de vouloir bien se rendre à*

*son cabinet, au palais de justice, aujourd'hui, à une*
*heure précise.*

» *Très urgent.*

» PAUL DE GIBRAY. »

— Au cabinet du juge d'instruction !... — répéta
madame Rosier presque haut. — Pourquoi faire ?
— Rien !... — Pas d'explication !... — une prière
qui ressemble à un ordre... Cette lettre m'inquiète...
— Ne me débarrasserai-je donc jamais de cette
tunique de Déjanire que j'ai portée pendant tant
d'années et qui me brûlait ? — Je suis libre, après
tout... je ne dépends de personne... — Si je refu-
sais d'obéir ?

Après un instant de réflexion elle ajouta :

— Refuser d'obéir... à quoi bon ? — Au lieu de
me créer des chimères il vaut bien mieux savoir
ce qui se passe et pour quel motif on m'appelle...

« J'irai... »

Cette résolution prise, madame Rosier acheva
de déjeuner, s'habilla rapidement, appela sa servante, lui commanda de préparer, pour six heures,
un petit dîner fin dont elle détailla le menu, puis
elle quitta son appartement, prit une voiture à la

plus prochaine station et se fit conduire au palais de justice.

De longue date elle connaissait les détours du palais.

Elle monta droit à la galerie sur laquelle s'ouvrent les cabinets des juges d'instruction, et pria l'huissier de service de l'annoncer à M. de Gibray.

Celui-ci, qui comptait sur son exactitude, avait auprès de lui le chef de la sûreté et le commissaire aux délégations judiciaires.

Il désirait s'entendre avec madame Rosier hors de la présence du comte Yvan Smoïloff, aussi le rendez-vous donné à la ci-devant policière précédait de plus d'une heure celui assigné au jeune Russe.

En franchissant le seuil du cabinet où elle fut introduite sur-le-champ, l'ex-Aimée Joubert reconnut du premier coup d'œil les deux personnages que s'était adjoints le juge d'instruction.

Elle se sentit très émue.

Assurément, pour motiver cette réunion quelque chose de particulièrement anormal devait se produire.

Le chef de la sûreté et le commissaire firent deux pas au-devant de la nouvelle venue et lui tendirent leurs mains.

— Chère madame, — lui dit le chef de la sûreté, — nous ne nous étions pas rencontrés depuis plus de deux ans et je suis heureux de vous voir...
— J'ai conservé de nos anciens rapports de trop bons souvenirs pour ne point regretter qu'ils aient pris fin et souhaiter les voir renaître.

Madame Rosier regarda son interlocuteur avec une surprise et un effroi manifestes.

— Les voir renaître... — répéta-t-elle d'une voix un peu tremblante. — Est-ce que la lettre que monsieur le juge d'instruction m'a fait l'honneur de m'écrire aurait trait à quelque chose de ce genre ?

M. de Gibray prit la parole, mais au lieu de répondre à la précédente question il dit, en ayant soin de donner à sa physionomie l'expression la plus bienveillante :

— Asseyez-vous, je vous en prie, madame... — Nous avons à causer longuement...

Aimée Joubert — (c'était, nous le savons déjà, le véritable nom de madame Rosier) — se sentait mal à l'aise entre ces trois représentants de la justice et de la police.

Certes, elle n'avait rien à craindre d'eux, elle le savait à merveille, mais une lueur soudaine, ve-

17.

nait de se faire dans son cerveau et ce qu'elle devinait lui causait une profonde épouvante.

Toujours maîtresse d'elle-même, elle dissimula
de son mieux ses impressions et prit le siège que
lui indiquait le juge d'instruction.

Ce dernier poursuivit :

— Avez-vous lu, chère madame, les journaux de
ces jours derniers ?

— Mais sans doute, monsieur... Je lis tous les
matins le *Petit Journal* et le *Figaro*.

— Alors vous êtes au courant du double crime
qui nous cause en ce moment une préoccupation
si grande ?

— J'ai lu qu'on avait assassiné une femme dans
un tombeau du Père-Lachaise, et que le cadavre
d'un homme avait été trouvé dans la voiture d'un
loueur de la rue Ernestine... — C'est de cela, je
pense, que vous voulez parler ?

— Oui, c'est de cela.

— N'a-t-on pas dit que l'assassin était arrêté ?
— reprit Aimée Joubert.

— On l'a dit, mais malheureusement on se trom-
pait...

— On a cependant arrêté quelqu'un ?

— Par erreur, oui... — De fausses apparences

désignaient une personne absolument honorable...

— Un mandat d'amener a été signé et exécuté contre cette personne dont on a bien vite reconnu l'innocence et que nous avons mise en liberté hier matin.

— Voilà une fâcheuse erreur ! ! — s'écria madame Rosier.

— Fâcheuse, déplorable, oui sans doute ; mais que voulez-vous ? — Une ressemblance signalée par tous les témoins avait lancé les agents sur une fausse piste...

— Enfin le mal est réparé, en partie du moins, — répliqua la ci-devant policière, — et sans doute vos agents, parmi lesquels il en est de très habiles, suivant l'exemple des chiens de chasse après un *défaut*, reprendront la *voie* véritable et ne la quitteront plus...

Paul de Gibray secoua la tête.

— Nous osons à peine l'espérer... — répliqua-t-il.

— Pourquoi donc ?

— Parce que nous nous trouvons en présence de difficultés inouïes... d'un mystère inextricable...

— Pas un indice ne vient nous guider... — Nous nous agitons dans le vide... — Certes, ainsi que vous le constatiez tout à l'heure, nous avons des agents habiles, mais les plus clairvoyants d'entre eux sont bien inférieurs à ceux que la brigade de sûreté possédait autrefois et dont vous faisiez partie.

Aimée Joubert sentit un petit frisson courir sur son épiderme.

Ses premières conjectures se métarmorphosaient en certitudes.

— Votre bienveillance exagère singulièrement mon humble mérite d'autrefois... — répondit-elle... — D'ailleurs, autrefois, j'étais jeune, énergique, et je me trouvais placée dans des circonstances particulières que peut-être vous n'avez pas oubliées tout à fait.

— Ah! — s'écria le chef de la sûreté. — Si une affaire semblable à celle qui nous préoccupe aujourd'hui s'était présentée quand vous étiez des nôtres, nous aurions eu la certitude du succès... — Mais, hélas! vous nous manquez!

— Il vous reste Jodelet et Martel.

— Une demi-douzaine de Jodelet et autant de Martel ne feraient pas la monnaie d'Aimée Joubert à qui sa clairvoyance dans les plus profondes ténèbres avait valu le surnom glorieux d'*Œil de chat!*... — Voyons, que pensez-vous de ce tragique imbroglio?...

— Absolument rien...

— Comment? — C'est impossible !..

— C'est le contraire qui serait impossible. — Pour me former un commencement d'opinion il faudrait avoir suivi l'enquête, assisté à la levée des corps, pesé les dépositions des témoins, étudié les moindres détails. — Or, je ne sais que ce qu'ont imprimé les journaux, aussi, je le répète, je n'ai point d'opinion sur l'affaire, quoiqu'elle m'ait impressionnée vivement et que j'y aie pensé beaucoup par un reste d'ancienne habitude.

— Eh bien! en y pensant, que vous disiez-vous?

— Une seule chose...

— Laquelle?

— Que le meurtrier était un grand maladroit.

Les trois hommes écoutaient avec un intérêt facile à comprendre cette femme qui s'animait sans le vouloir comme le cheval de guerre au son de la trompette, et dont on voyait bien que d'un instant à l'autre les instincts policiers allaient reprendre le dessus.

La dernière parole prononcée par elle était à ce point inattendue qu'elle les frappa d'une sorte de stupeur.

A peine pouvaient-ils en croire leurs oreilles.

— Un grand maladroit!! — s'écria le juge d'instruction.

— Oui, certes!... un débutant... tout ce qu'il y a au monde de plus débutant!! — Jamais un homme habile, un assassin de profession, n'aurait eu la sottise de frapper à neuf heures de distance ses deux victimes avec la même arme... — L'identité des blessures prouvant qu'il n'y avait qu'un seul meurtrier, simplifiait l'enquête et enlevait à ce meurtrier une de ses chances de salut...

Le juge d'instruction, le chef de la sûreté et le commissaire échangèrent un regard qui signifiait clairement :

— Elle a raison... Nous n'avons pas pensé à cela...

Aimée Joubert reprit :

— Connaissez-vous le mobile du crime?

— Nous le cherchons en vain... — répondit Paul de Gibray. — Je vous l'ai dit et je vous le répète, jusqu'à ce jour et jusqu'à cette heure le mystère nous paraît insondable... — Nous sommes perdus dans l'obscurité... — Ne consentiriez-vous pas à nous aider de vos conseils?

## LXIII

— Vous aider de mes conseils! — répéta madame Rosier.

— Ou, ce qui vaudrait mieux encore, prendre complètement cette affaire en mains, — ajouta le chef de la sûreté.

Aimée Joubert regarda tour à tour en souriant ses deux interlocuteurs.

— Presque depuis le début de cet entretien... — répondit-elle, je m'attendais à la question que vous venez de me poser... — C'est pour cela, messieurs, que vous ne m'en voyez point surprise.

— Que répondez-vous? — demanda le juge d'instruction.

— Ceci : — Vous savez quelles raisons, jadis, m'avaient fait accepter, ou plutôt solliciter un emploi dans la police...

» La soif de la vengeance me guidait.

» J'espérais vous livrer un jour l'homme qui m'avait doublement déshonorée en me rendant la complice inconsciente d'un crime que je ne soupçonnais pas, et en me laissant mère d'un enfant né dans une prison d'un père condamné à mort...

» Vous savez de même pourquoi j'ai rompu avec une existence que j'aimais et à laquelle je m'étais donnée tout entière, car rien ne me paraît plus grand, plus noble, plus attachant, que de risquer sa vie chaque jour, à chaque heure, dans la chasse aux coquins, et de devenir, par cela même, la providence invisible des honnêtes gens.

» J'avais un fils et ce fils grandissait.

» Je craignais qu'il n'apprît par hasard que sa mère appartenait à la brigade de sûreté, et qu'en cherchant la cause et les origines d'une telle situation, étrange pour une femme, il ne vînt à découvrir que son père était un misérable assassin.

» A tout prix je voulais éviter cela... — J'ai réussi... — Mon fils ignore le passé et ne soupçonne rien... — Il ne voit en moi que madame

Rosier, la meilleure amie de sa mère morte depuis longtemps, et chargée par elle de l'aimer et de veiller sur lui...

» Si j'acceptais l'offre que vous me faites, ma tranquillité serait perdue... — Je me verrais assaillie comme autrefois de craintes perpétuelles, d'inquiétudes sans cesse renaissantes... — Recommencer est au-dessus de mes forces... — Vous voyez bien que c'est impossible...

— Vous vous exagérez beaucoup la situation, chère madame... — dit Paul de Gibray.

— Non, monsieur, je la vois telle qu'elle est... et, je vous le répète, elle me fait peur.

— Votre fils demeure-t-il avec vous ?

— Nullement... — Une habitation commune n'aurait aucun motif plausible puisque mon fils ne voit en moi qu'une ancienne amie de sa mère... — Il a son *chez lui* tout à fait indépendant.

— Eh bien ! mais alors, puisque vous ne vivez point ensemble, il ne peut rien savoir de ce que vous faites... — Vous êtes absolument libre, comme il l'est lui-même...

— Il vient souvent me voir et ne manquerait point de s'étonner de l'irrégularité soudaine de mes habitudes... Or, de l'étonnement au soupçon

il n'y a qu'un pas. — Ce pas serait vite franchi...
Je sens bien d'ailleurs que mes angoisses mal dis-
simulées suffiraient pour me trahir...

— Quel âge a votre fils?

— Vingt-trois ans.

— Que fait-il?

— Du reportage pour les journaux... Il se des-
tine à la carrière des lettres... Il est en ce moment
secrétaire particulier d'un Hollandais, ancien capitaine de vaisseau occupé d'un grand ouvrage sur la
marine... — Mon fils fait des recherches pour lui,
et revoit son travail au point de vue du style.

— D'après ce que vous nous dites, votre fils est
un garçon fait, qui connaît le monde.

— Il est certain que j'admire souvent sa maturité
précoce... — C'est un sujet vraiment remarquable... une intelligence hors ligne...

— Un jeune homme doué d'une façon si brillante
ne saurait être choqué d'apprendre que courageu-
sement, au péril de votre vie et sans autre mobile
qu'une pensée généreuse, vous servez la société...
— Il ne pourrait qu'en être fier...

— Hélas, monsieur, — répliqua madame Rosier,
— vous savez bien qu'il existe un préjugé contre
à police.... préjugé absurde, soit, mais invin-

cible... — Si Maurice découvrait jamais qu'à la préfecture on m'avait surnommée l'*OEil de chat*, je n'oserais plus paraître devant lui...

— Il ne le découvrira pas, et d'ailleurs une telle considération ne doit point vous arrêter quand il s'agit d'accomplir une grande chose... — Nous vous laisserons une liberté d'action complète... Nous ne vous demanderons pas de venir reprendre le poste que vous avez quitté !... — Vous combattrez non en soldat régulier, embrigadé, immatriculé, mais en volontaire... — Nous n'attendrons de vous qu'une seule chose, c'est de vous occuper avec nous d'une affaire qui jette dans Paris la consternation et l'effroi. — Toutes les précautions seront prises pour que votre fils ne puisse soupçonner votre changement momentané d'existence... — Nous mettrons à votre disposition un appartement où les rapports vous seront adressés sous un nom de votre choix, et où vous recevrez les communications des agents mis à vos ordres... — Nous vous ouvrirons à la préfecture un crédit illimité, et je prends sur moi de vous promettre une prime de vingt-cinq mille francs si vous réussissez à nous livrer l'assassin, ce qui n'est point douteux.

— Vos offres sont bien flatteuses pour moi et

bien séduisantes, je le reconnais... — dit madame Rosier.

— Alors, vous les acceptez ?... — demanda vivement Paul de Gibray.

— Je les refuse...

— Dans l'intérêt même de votre fils, vous avez tort.

— Comment ?

— On lui saurait gré, comme à vous, du sacrifice que vous consentiriez à nous faire... — La protection du procureur général, du procureur de la République, du préfet de police, lui serait assurée...

— Je vous en prie, monsieur, je vous en supplie, ne me pressez pas davantage... Vous le feriez en vain...

— Et cependant il faut que vous cédiez !! — s'écria le juge d'instruction — il le faut absolument... — Je ne sais quel instinct m'avertit que vous seule pouvez trouver le mot de la terrible énigme... — Le crime est mystérieux autant qu'effroyable... — Il doit cacher quelque monstrueux secret de famille, comme autrefois l'affaire Kourawieff.

En entendant ces mots, Aimée Joubert devint livide.

— Ah ! ne prononcez pas ce nom, monsieur ! —
s'écria-t-elle en frissonnant. — Il me rappelle ma
honte imméritée et tous mes malheurs... — Ou-
bliez-vous que , dans l'affaire dont vous venez
d'évoquer le souvenir, j'étais accusée de compli-
cité?

— Je ne l'oublie pas, mais je me souviens aussi
que vous avez démontré victorieusement la faus-
seté de l'accusation et prouvé votre innocence... —
Ce n'est point par hasard, d'ailleurs, que le nom
de Kourawieff est venu sur mes lèvres, c'est parce
que la femme assassinée au Père-Lachaise a été
trouvée morte dans le tombeau des Kourawieff.

— Dans le tombeau des Kourawieff !... — répéta
madame Rosier avec stupeur.

— Oui... l'ignoriez-vous?...

— Je l'ignorais... — Les journaux ont parlé
d'une tombe, mais sans la désigner... et c'est justement celle-là !... — Voilà qui est étrange...

Aimée Joubert laissa tomber sa tête sur sa poitrine, en murmurant à trois reprises :

— Étrange!... étrange!... étrange !...

M. de Gibray suivait du regard avec un intérêt
extrême, les mouvements de l'ex-policière.

Il lisait sur son visage, comme en un livre ouvert, le trouble profond que l'évocation soudaine du passé venait de faire naître en elle.

L'idée de mettre cette émotion à profit s'empara de lui.

— Si l'on vous offrait aujourd'hui le moyen, ou tout au moins si l'on vous donnait une chance de retrouver Pierre Lartigues, — demanda-t-il tout à coup, — accepteriez-vous la mission que nous voudrions vous confier ?

Au nom de *Lartigues*, Aimée Joubert releva brusquement la tête.

Une lueur farouche s'alluma dans ses prunelles.

Ses sourcils se rejoignirent sur son front crispé : — ses lèvres blanchirent ; — ses mains tremblèrent.

— Lartigues ! — fit-elle d'une voix rauque. — Vous avez bien dit Lartigues ?...

— Oui, et nous sommes prêts à vous servir si vous nous servez...

— Vous avez trouvé la trace de Pierre Lartigues ?...

— Le jeune comte Yvan Kourawieff suit la piste de ce misérable depuis deux années...

— Le jeune comte Kourawieff ?... — répéta l'ex-policière avec un accent interrogatif.

— Oui... le fils de la comtesse assassinée par Lar-

tigues, et qui veut retrouver le misérable pour
avoir la preuve écrite qu'un autre avait commandé
le meurtre...

Les yeux de madame Rosier lançaient des éclairs
de haine.

— Ah ! — dit-elle, — le fils de la morte cherche
Pierre Lartigues et il est sur sa piste...

— Oui, et d'ici à quelques minutes il sera dans
ce cabinet, près de nous... — Vous pourrez le voir,
lui parler, combiner avec lui les moyens de retrouver l'infâme qui vous a déshonorée...

— Il va venir ? — J'obtiendrai de lui des renseignements, qu'au prix de mon sang versé goutte à
goutte je n'aurais pas cru payer trop cher ?

— Nous vous mettrons en rapport avec lui si
vous consentez à nous aider dans la recherche de
l'assassin du Père-Lachaise... — répliqua le juge
d'instruction.

— Eh bien, j'accepte !! — Si le comte Kourawieff peut me donner les moyens d'assouvir ma
vengeance en satisfaisant la sienne, je ferai ce que
vous attendez de moi....

— Il le peut.

— Alors, à partir de ce moment, je suis à vous.

— Enfin ! s'écrièrent à la fois le juge d'instruction, le chef de la sûreté et le commissaire.

— Mais, — poursuivit madame Rosier, — il est bien entendu que je resterai libre d'agir à ma guise comme vous me l'avez dit, avec tels agents qu'il me plaira de choisir.

— C'est entendu...

— Je ne dépendrai de personne ?

— C'est à vous qu'on obéira...

— Vous mettrez un appartement dans Paris à ma disposition ?

— Connaissez-vous celui de la rue Meslay ? — demanda le chef de la sûreté.

— Oui.

— Vous convient-il ?

— Parfaitement.

Paul de Gibray et les deux magistrats échangèrent un regard triomphant.

Ils atteignaient le but et ce n'avait pas été sans peine.

## LXIV

— Maintenant, messieurs — reprit Aimée Joubert, — il faut que je sache tout ce que vous savez vous-mêmes...

— Je vais mettre à votre disposition les procès-verbaux de l'enquête et les interrogatoires des témoins... — dit M. de Gibray.

— Je les lirai d'abord et je vous questionnerai ensuite au sujet des détails qui m'auront particulièrement frappée...

— En attendant l'arrivée du comte Kourawieff voulez-vous, ici même, jeter un coup d'œil sur ces pièces ? — reprit le juge d'instruction.

— Oui, monsieur, il faut se hâter... — C'est en

matière de police surtout que le temps est précieux.

Paul de Gibray prit devant lui un dossier volumineux et le tendit à madame Rosier, qui le posa sur la table habituellement destinée au greffier et s'assit en face de cette table.

— Je n'ai ni carnet, ni agenda, ni crayon, — dit-elle ensuite. — Auriez-vous la bonté de me passer quelques feuilles de papier... — Je me servirai de la plume de votre greffier.

— Voici un agenda dont vous pouvez disposer... — répliqua M. de Gibray ; — il est neuf, par conséquent toutes ses pages sont blanches... — Ce sera plus commode que des feuilles volantes.

L'ex-policière remercia et se mit à étudier le dossier, s'arrêtant de temps en temps pour prendre une note.

Le juge d'instruction, le chef de la sûreté et le commissaire aux délégations formèrent un groupe dans un angle du cabinet et causèrent à voix basse, se félicitant du succès qu'ils venaient d'obtenir.

— Ce succès nous échappait si le nom de Lartigues n'avait point été prononcé... — dit le chef de la sûreté. — La haine et l'espoir de la vengeance font d'Aimée Joubert notre alliée.

— Peu importe qu'elle obéisse à tel sentiment plutôt qu'à tel autre... — répondit Paul de Gibray. — Elle est avec nous, c'est le principal... — Avez-vous fait venir à la préfecture, ainsi que je vous l'ai demandé, la voiture que conduisait le cocher Cadet et dans laquelle on a trouvé le corps de l'une des victimes ?...

— Vos ordres ont été exécutés, oui, monsieur... — La voiture est dans la cour du Dépôt...

Tandis que les trois hommes continuaient leur entretien, Aimée Joubert compulsait minutieusement, avec une attention soutenue, les pièces qu'elle avait sous les yeux.

Elle s'absorbait en ce travail, aride pour tout autre, mais pour elle plein de charme et qui lui donnait la fièvre.

On eût dit qu'en touchant ces feuilles de papier timbré sur lesquelles avait couru la plume insouciante d'un greffier, elle se transformait au physique aussi bien qu'au moral, tant son visage devenait rayonnant tandis qu'une ardeur sauvage s'allumait dans ses yeux.

Elle revenait malgré elle et presque à son insu à ces jours déjà lointains où sans cesse debout, marchant, cherchant, se composant des individualités diverses, elle s'acharnait à la poursuite des bandits qui vainement espéraient se dérober à la justice des hommes.

Pendant près d'une heure elle travailla sans relâche, relisant, réfléchissant, écrivant sur son carnet soit certains faits relatés aux procès-verbaux, soit certaines réflexions qui lui traversaient l'esprit et devaient lui servir de points de repère au cours de ses recherches.

Arrivée au dernier feuillet, elle releva la tête.

— J'ai terminé l'examen de ces pièces, mais d'une façon superficielle et tout à fait insuffisante... — dit-elle. — Je demanderai à monsieur le juge d'instruction l'autorisation d'emporter le dossier chez moi, ou de venir, en son absence, m'installer dans ce cabinet et d'y passer, s'il le faut, une partie de la nuit...

— Ces pièces ne peuvent sortir d'ici, — répondit Paul de Gibray, — mais mon cabinet vous sera sans cesse ouvert et vous pourrez y travailler à votre convenance.

— J'y viendrai dès ce soir, monsieur.

— De la première et rapide étude à laquelle vous venez de vous livrer, a-t-il jailli pour vous quelque lumière ?

— Aucune... tout est obscur... — Une seule chose me paraît, comme à vous, certaine, indiscutable, c'est que le même individu a commis successivement les deux crimes dont l'un était la conséquence de l'autre... — La femme trouvée dans le tombeau des Kourawieff, au Père-Lachaise, a été frappée neuf heures environ avant l'homme de la rue Ernestine... — C'est, à n'en point douter, le premier assassinat qui a motivé le second... — La femme devait apporter dans le tombeau une chose quelconque... probablement une correspondance annonçant la venue à Paris de l'homme de la rue Ernestine, disant l'heure de l'arrivée au chemin de fer et indiquant le bras en écharpe comme signe de reconnaissance... — L'assassin est allé à la rencontre du voyageur qui possédait les secrets révélés par la correspondance du tombeau, et le voyageur, à qui sans doute un mot de passe est tombé dans l'oreille, a suivi sans défiance son assassin... — Le crime a été consommé pendant le trajet du chemin de fer du Nord à la rue Montorgueil... — Un enfant reconstituerait tout cela, et je n'ai, quant à présent, pas autre chose...

Les trois magistrats se sentaient émerveillés en écoutant Aimée Joubert.

18.

Quoiqu'elle prétendît n'avoir fait que ce qu'aurait pu faire un enfant, ses paroles ouvraient pour
eux une percée lumineuse au milieu des ténèbres.

— Commencez-vous à entrevoir le mobile du
crime? — demanda le commissaire aux délégations.

— Je n'entrevois absolument rien... — Quand
j'aurai le mobile, j'aurai le criminel... — Sachons
d'abord quels sont les gens assassinés et nous
pourrons sans doute ensuite raisonner par déduc-
tions... — Il faut que je voie les deux victimes.

— Tout de suite?

— Sinon tout de suite, du moins aujourd'hui...
— Il résulte du procès-verbal que l'homme assassiné avait sur lui sa montre, sa chaîne, un porte-
monnaie bien garni; donc le vol n'a pas été le
motif de l'assassinat, et je le prouve :

» Admettons que la victime ait été munie d'une
forte somme en billets de banque renfermés dans
un portefeuille...

» Un assassin, voleur de profession, ne néglige
rien... — Après avoir pris le portefeuille dans la
poche du pardessus, il aurait certainement fouillé
les poches du pantalon et celles du gilet.

» Remarquez que j'admets, non comme certaine

mais comme très probable, l'existence d'un portefeuille... — Un voyageur n'arrive point de Calais
sans avoir sur lui un papier quelconque pouvant
établir son identité, ne fût-ce qu'une enveloppe de
lettre avec le timbre de la poste, à moins toutefois
qu'il n'ait intérêt à cacher cette identité...

Le juge d'instruction prit la parole.

— L'absence de toute marque au linge ne vous
ferait-elle point incliner vers cette supposition ?
demanda-t-il.

— Peut-être ; je n'oserais conclure... — beaucoup de célibataires achètent du linge tout fait et
ne s'occupent point d'y faire broder leurs initiales,
et les blanchisseuses suppléent à l'absence de toute
marque par un signe hiéroglyphique en fil rouge...
— Nous vérifierons cela... — Je désirerais examiner la montre et le porte-monnaie trouvés sur la
victime...

— A l'instant.

M. de Gibray prit dans l'un des tiroirs de son
bureau la montre et le porte-monnaie et les présenta à Aimée Joubert.

Elle ouvrit le premier des deux objets, après en
avoir examiné l'extérieur.

— Porte-monnaie de pacotille, coûtant tout au

plus trois francs... — fit-elle ensuite ; — c'est ce qu'on appelle un *article de Paris*, acheté dans quelque bazar... — Le cuir en est fatigué, usé par places... donc il servait depuis longtemps déjà... Jamais un homme du monde n'en aurait fait usage... — Il contient seize napoléons d'or et sept francs de monnaie blanche, — total : *trois cent vingt-sept francs*... — Si l'homme venait passer quelque temps à Paris, il avait certainement sur lui d'autres valeurs, à moins qu'il ne dût toucher de l'argent chez un banquier... — Tout cela est à éclaircir...

Aimée Joubert referma le porte-monnaie et s'occupa de la montre dont elle fit jouer les charnières, puis elle dit :

— Montre de Genève assez belle, à remontoir, échappement à ancre, huit trous en rubis, mais des montres comme celle-là on en trouve partout pour cent écus... Il s'en vend par an des millions !... et rien de gravé sur la boîte... — Ce n'est pas encore cela qui servira d'indice...

Elle ajouta, en s'adressant au juge d'instruction :

— N'y avait-il pas autre chose sur les victimes ?

— Sur l'homme, non, mais la main crispée de la

femme serrait une mèche de cheveux appartenant
sans doute à l'assassin.

— Oui, c'est vrai... j'oubliais ce détail... il est
pourtant d'une importance capitale !... — Voulez-
vous me montrer ces cheveux ?

M. de Gibray ouvrit un carton, y prit un petit
papier qu'il déplia, et exhiba la mèche blonde enfer-
mée dans ce papier.

— Voilà... — dit-il.

Aimée Joubert prit la mèche, parut l'étudier
avec une extrême attention, et demanda :

— Avez-vous une loupe ici ?

— En voici une... — répondit M. de Gibray
en lui présentant une de ces loupes à verre fortement grossissant dont se servent les amateurs de
tableaux anciens pour distinguer les *repeints* sous
le vieux verni.

La policière prit cette loupe de la main droite,
se rapprocha de la fenêtre afin de se trouver en
plein jour, et étudia de nouveau la mèche blonde
à l'aide du verre grossissant.

Ce nouvel examen fut long.

Il se passa plus de cinq minutes avant qu'Aimée
Joubert formulât cette question :

— Le médecin a-t-il vu ces cheveux ?

— Oui.

— Quel a été son avis ?

— Que la victime, en luttant contre son meurtrier, avait saisi cette mèche qui lui était restée dans la main.

Un sourire moqueur vint aux lèvres d'Aimée.

— Pas fort, votre médecin ! — s'écria-t-elle. — Pas fort du tout !

— Comment ? à quelle propos ? — demanda M. de Gibray très surpris.

— Il aurait pu vous dire qu'au lieu de trouver ces quelques cheveux entre les doigts de la morte, on aurait pu tout aussi bien y trouver une perruque entière...

— Une perruque ! ! — répéta le juge d'instruction...

— Parfaitement... — L'assassin était déguisé et, comme sans le moindre doute il est brun, il portait une perruque blonde qui vous a dévoyés complètement...

## LXV

En dépit de l'extrême gravité de la situation Aimée Joubert eut quelque peine à garder son sérieux en voyant la physionomie déconfite et penaude des trois magistrats. '

— Regardez... — poursuivit-elle au bout d'une seconde. — Ces cheveux n'ont pas de racines... — ils ont été non arrachés dans une lutte violente, mais coupés aux ciseaux pour confectionner une perruque.

Le juge d'instruction, le chef de la sûreté et le commissaire aux délégations s'armèrent de la loupe et examinèrent la mèche blonde comme madame Rosier l'avait fait avant eux.

— C'est vrai... — firent-ils successivement.

— Tout est donc à recommencer... — reprit
la policière. — Les témoins ont été trompés comme
vous, ce qui fait que nous n'avons rien, ou du
moins bien peu de chose à retenir de leurs dépositions... — Mais qu'importe ?... — *Le défaut est relevé*, comme disent les chasseurs, et nous trouve-
rons la vraie piste... — Autre chose : — Les procès-
verbaux constatent, n'est-pas, que le linge de la
femme, de même que celuⁱ de l'homme, ne portait
aucune marque ?

— Aucune.

— Ce détail me paraît de la plus haute importance... — Qu'un homme ait négligé de faire marquer son linge, cela se comprend ; mais une femme
c'est différent... — Si insouciante qu'elle puisse
être, ses chemises et ses mouchoirs sont mar-
qués... — Dans le cas contraire, c'est qu'elle a
quelque intérêt à ce qu'ils ne le soient pas... —
Pendant le temps passé à la préfecture, j'ai constaté à maintes reprises que les gens, hommes et
femmes, faisant partie d'une association de malfaiteurs, portaient invariablement du linge non
marqué, ou dont la marque n'était pas la leur... —
Ils agissaient ainsi dans le but de dépister la police
s'ils étaient pris.

— Que prétendez-vous conclure de cela ? — demanda M. de Gibray.

— Rien encore de précis... cependant nous pourrions, sans que j'en sois surprise le moins du monde, nous trouver en face, non d'une individualité isolée, mais d'une bande...

— Vous croyez ?...

— Encore une fois je n'affirme rien, mais la supposition me paraît très admissible... — Je désire maintenant voir les victimes...

Trois heures sonnaient à la pendule du cabinet du juge d'instruction au moment où Aimée Joubert prononçait ces dernières paroles.

L'huissier de service vint annoncer que le comte Yvan Smoïloff attendait dans la galerie.

— Introduisez-le dans une minute... — commanda Paul de Gibray.

Quand l'huissier fut sorti, il ajouta en s'adressant à Aimée Joubert :

— Le jeune homme que vous allez voir est le comte Kourawieff mais, jusqu'à nouvel ordre, vous devez le connaître seulement sous le nom d'Yvan Smoïloff.

Madame Rosier répondit par un signe de tête affirmatif.

Elle se sentait troublée profondément.

L'approche du fils de cette belle comtesse Koura-wieff, son ancienne maîtresse, assassinée par Pierre Lartigues, la bouleversait.

Elle avait vu, tout enfant, le comte Yvan jouant sur les genoux de sa mère, douce et charmante créature qui le dévorait de caresses.

Il lui sembla revoir cette famille heureuse, unie, ces deux époux jeunes et beaux, éperdument épris l'un de l'autre et que la main d'un lâche meurtrier allait séparer.

Elle se souvint que ce misérable était son amant, le père de l'enfant qu'elle portait alors dans son sein ; elle se souvint qu'elle avait passé pour être sa complice...

Son cœur se serra ; — un nuage voila ses yeux ; — il lui fallut faire un appel à toute son énergie pour ne pas défaillir.

Le trouble de la pauvre femme était visible. — Elle vacillait littéralement sur sa chaise.

— Contenez votre émotion... — lui dit vivement Paul de Gibray. — Soyez maîtresse de vous-même...

La voix du juge d'instruction lui rendit à la fois la force morale et la force physique.

Les battements impétueux de [son cœur s'apaisèrent ; — son visage s'immobilisa.

Yvan Smoïloff franchit le seuil.

Il salua tout le monde et se dirigea vers M. de Gibray qui lui tendait la main.

Aimée Joubert, à l'aspect de ce jeune homme qu'elle n'avait vu que tout petit enfant, mais qu'elle reconnut tant il ressemblait à sa mère, sentit ses yeux devenir humides.

Elle pensa à son fils à elle, à Maurice qu'elle adorait et dont le père infâme avait assassiné la comtesse Kourawieff.

— Je ne me suis point fait attendre, j'espère?... — demanda Yvan Smoïloff au juge d'instruction.

— Non, monsieur le comte... — répondit ce dernier.

Il ajouta, en désignant Aimée Joubert:

— Et voici la personne dont nous vous avons parlé hier...

Le comte Yvan regarda la policière et fit un pas vers elle.

Aimée tremblait de tout son corps.

— Madame, — lui dit le jeune Russe, — votre présence me rappelle de bien cruels souvenirs... Elle renouvelle le deuil de toute ma vie... Elle

rouvre une blessure qui ne guérira point... Elle me
reporte aux jours lointains de mon enfance où vous
étiez une amie pour moi, car je me souviens de vos
baisers et de vos sourires, comme je me souviens
du crime qui m'enleva ma mère... — Je sais, madame, ce que vous avez souffert injustement... —
Je sais qu'accusée par un infâme, il fallut vous débattre contre la calomnie, faire éclater votre innocence !... — Je sais avec quel courage indomptable,
avec quelle énergie jamais défaillante, vous avez
cherché l'assassin de ma mère, l'homme qui voulait me perdre, et je sais comment vous avez
prouvé son crime. Je vous admire, madame, et je
suis heureux de vous voir aujourd'hui, car vous
serez mon alliée, je l'espère, dans la lutte que je
vais soutenir contre notre ennemi commun, si longtemps et si vainement poursuivi, et dont je crois
avoir retrouvé la piste...

— Monsieur le comte, — répondit Aimée Joubert
avec une émotion qu'il lui fut impossible de cacher
tout à fait, — à vingt-trois ans de distance j'ai
éprouvé deux grandes joies... La première, il y a
vingt-trois ans, quand le verdict du jury me déclara
non coupable d'un crime qui me faisait horreur. —
La seconde, tout à l'heure, en vous écoutant... —

Vous venez de m'absoudre pour la seconde fois, vous, le fils de la noble femme que j'ai tant pleurée, et je vous en remercie du plus profond de mon âme... — Oui, je serai votre alliée, je le jure, et une alliée fidèle ! ! — Je succomberai à la tâche s'il le faut, mais je vous livrerai Pierre Lartigues !

— Merci, madame... — dit simplement le comte en tendant la main à la policière.

Aimée Joubert prit cette main, sur laquelle avec une respectueuse tendresse elle appuya ses lèvres.

Puis elle se releva, transfigurée.

— Vous êtes sur la piste de Lartigues, avez-vous dit? — demanda-t-elle.

— Je le crois...

— Vous le connaissez donc?

Le comte Yvan raconta brièvement ce que nos lecteurs ont entendu expliquer au juge d'instruction.

Il termina son récit à Bruxelles où le misérable s'était dérobé.

Madame Rosier avait écouté avec une profonde attention et un intérêt facile à comprendre.

— Vous croyez qu'aujourd'hui cet homme est à Paris? — demanda-t-elle au comte.

— J'en jurerais...

— Sur quoi se base votre conviction à cet égard?

— Sur un pressentiment...

— Voilà tout?...

— Je crois que c'est assez...

— Assez pour nous donner un certitude, non, car les pressentiments sont souvent trompeurs... — Néanmoins c'est possible... — Si Lartigues est à Paris, soyez certain que je le saurai... — Laissez-moi conduire cette affaire, et permettez-moi de compter sur votre concours actif, si je le réclame...

— D'avance il vous est acquis. — Disposez de moi, madame...

— J'aurai besoin de vous voir pour vous demander de nombreux renseignements...

— Où et quand?

— Je ne sais encore... — Je vous écrirai pour vous l'apprendre.

— Au Grand-Hôtel, que j'habite...

— Et sous le nom du comte Yvan Smoïloff... je ne l'oublierai pas...

Aimée Joubert se tourna vers le juge d'instruction et ajouta :

— Maintenant, monsieur, je répète ce que je disais au moment de l'entrée de monsieur le comte: — Je voudrais voir les victimes...

— Nous pouvons aller immédiatement à la Morgue... — répondit Paul de Gibray en appuyant sur le bouton d'un timbre électrique.

L'huissier parut aussitôt.

Le juge d'instruction lui donna l'ordre d'envoyer chercher deux voitures.

— Vous vous occupez donc de l'affaire ténébreuse dans laquelle un moment on a pu me croire compromis ? — demanda le comte Yvan à Aimée Joubert.

— Oui, — répondit-elle, — j'y ai consenti, et je m'en félicite à présent, car qui sait si cette affaire elle-même ne nous conduira pas à la découverte de Lartigues?

— Que dites-vous? — s'écria le juge d'instruction fort intrigué. — Est-ce que, selon vous, Lartigues peut être mêlé au double crime dont nous cherchons l'auteur?...

— Je l'ignore, mais cette pensée m'a traversé l'esprit quand j'ai appris de vous qu'on avait trouvé dans le tombeau de la famille Kourawieff le cadavre de la femme assassinée.

— Quel rapport?

— Ne me questionnez pas... — interrompit la policière. — Plus tard je m'expliquerai mieux...

— J'ai toute confiance en vous, et j'attendrai que l'heure des explications vous semble venue...

Yvan Smoïloff prit congé du juge d'instruction, des deux autres magistrats, et se retira après avoir renouvelé la promesse de collaboration active faite à Aimée Joubert.

L'huissier vint annoncer que les deux voitures attendaient.

Nos quatre personnages sortirent du cabinet de M. de Gibray et quittèrent le palais de justice.

FIN DU SECOND VOLUME

ET DE LA PREMIÈRE PARTIE

F. Aureau. — Imprimerie de Lagny.

www.ingramcontent.com/pod-product-compliance
Lightning Source LLC
Chambersburg PA
CBHW050150030726
47505CB00005B/1305